幽女の鐘

新・大江戸定年組

風野真知雄

角川文庫
23907

目次

第一話　極悪の鯰(なまず)　5

第二話　怪力の家　69

第三話　秘密の骨　122

第四話　幽女の鐘　182

主な登場人物

◆初秋亭

藤村慎三郎　北町奉行所の元同心
夏木権之助忠継　三千五百石の旗本の隠居
七福仁左衛門　老舗の小間物屋〈七福堂〉の隠居

◆早春工房

加代　藤村の妻。仲間たちと小間物づくりに精を出す
志乃　夏木の妻
おさと　仁左衛門の妻

藤村康四郎　藤村慎三郎の嫡男。同心
夏木洋蔵　夏木忠継の三男。骨董の知識が豊富
富沢虎山　暇に飽かせて初秋亭に入り浸る老人。通称〈つまらん爺さん〉
鮫蔵　岡っ引き。とある事情により江戸から姿を消す
入江かな女　初秋亭の三人が師事する俳句の師匠

第一話　極悪の鯰（なまず）

一

夏木権之助（なつきごんのすけ）は、玄関口で立ち尽くしていた。

屋敷のあらゆるところがぎしぎしと、不気味な音を立てて揺れている。建物全体が悲鳴を上げているみたいである。

建物だけでなく、身体も揺さぶられている。倒れずに踏ん張ろうとすると、顎（あご）にまで衝撃がきている。中風の発作を起こしたときでも、こんなに身体は揺れなかった。

生まれて初めて体験する凄（すさ）まじい地震だった。

「外へ出たほうがいい」

夏木は、中腰で固まっている妻の志乃の背中を押した。

評定所からの使者たちはすでに玄関から外に出て、周囲のようすを眺めている。

「これはとんでもない地震だ」

倅の新之助がそう言うと、いつの間に裏のほうからやって来た三男の洋蔵が、

「ついに来ましたね！」

と、興奮したように言った。洋蔵は、今日は奥に引っ込んで姿を見せないことになっていたので、いつもの簡素ななりのままである。

地面を見ると、小さな罅が入り始めている。どこからか、どどぉーんと、建物の倒壊する音が聞こえてくる。夏木家の裏手でも、女中たちの悲鳴が上がっている。

評定所からの使者は三名だったが、

「これは大変だ」

「すぐに評定所へもどったほうがよいな」

相談し合ったが、まだ揺れがひどくて歩くことができない。どれくらい経ったか、ようやくいくらか揺れがおさまってくると、

「夏木どの。今日の報せは取りやめだ」

「わかりました」

倅の新之助がうなずいた。町奉行に関しての報せのはずだった。新之助を江戸町奉行に命ずるという報せだったのか。それとも、今回は見送るというものだったのか。

夏木権之助は使者たちがもどるのを見送ると、

「あ、いかん」

「どうなさいました」

「夜雄が」

屋敷に飛び込んだ。まだ、家はみしみし言っている。

夜雄というのは、近ごろ飼い始めた黒い仔猫である。

隠居部屋にしている奥の間に入った。火鉢が揺さぶられたせいで、灰が舞っていた。火事の心配はなさそうである。

「夜雄、夜雄」

繰り返し名を呼ぶと、書架の書物のあいだから、

「みゅう」

という小さな鳴き声がした。

「おお、無事だったか。怖かったなあ」

抱き上げて頬ずりすると、夜雄の身体は震えていた。

藤村慎三郎（ふじむらしんざぶろう）の家では――。

血を吐いた藤村に駆け寄った加代（かよ）が、激しい揺れに倒れ込んだ。箪笥（たんす）や火鉢が四股（しこ）でも踏んでいるみたいにゆさゆさと動いている。

「お前さま！」

「ああ、地震だ」

藤村は、部屋のなかの神棚と仏壇を見た。ろうそくや位牌（いはい）がばたばたと倒れ、仏壇は跳ね上がるように揺れていた。

――先祖もびっくりだろう。

と、ちらりと思った。

「いま、血を吐かれて」

藤村に抱きつきながら、加代が言った。

「血？」

「ほら」

藤村の手を持った。なるほど血がついている。

「たいしたことはない。それより、家がつぶれるかもしれぬぞ」

藤村は加代を抱きかかえて、庭に出た。屋根瓦の何枚かが弾け、落ちてきて砕けた。雨戸が一枚、めりめりと音を立てて割れた。

揺れはなかなか治まらない。

「康四郎は大丈夫でしょうか？」

加代が言った。女親は、こんなときもまず、息子の安否を心配する。

倅の康四郎も中間も、とうに出かけている。

——本所のほうだといいが。

康四郎は、本所深川回りである。深川は町人地で込み入っていて、土地にゆとりがある武家地の本所より災害に弱いはずだった。

揺れはいったん治まりかけたと思ったら、また激しくなった。

——この世の終わりか。

とまで、藤村は思った。であれば、仕方のないことだった。

永代橋がみしみしと音を立てながら、大きく左右に揺れている。いっきに崩れ落ちるかもしれない。永代橋は、崩落した過去がある。

仁左衛門（じんざえもん）は、抱きついてきていた入江（いりえ）かな女（じょ）を突き飛ばし、

「おさと、耳次（みみじ）！」

と、女房と息子のところに駆け寄った。一度、振り向くと、かな女と目が合った。なにか言いたそうにしたが、それどころではない。

「お前さん、怖い」

おさとがしがみついてくる。一児の母でも、まだ少女のような顔になっている。もっとも、おさとは仁左衛門より三十ほど若い。

「橋が落ちるかもしれねえ。あっちにもどろう」

深川とは逆の、西詰のほうへ向かおうとするが、揺れがひどくて、立っているのも難しいくらいである。

それでも仁左衛門は、耳次を抱き、おさとの背を押しながら、少しずつでも橋から地面に辿（たど）り着こうとする。

橋の長いこと。遠い旅でもしている気持ちになってくる。しかも、闇夜を行くような、なんと心細い旅なのか。

二

いったいどれくらいのあいだ揺れていたのか。

恐ろしく長いあいだだったような気もするが、じっさいはそうでもなかったのだろうとは、誰もが思った。

だが、揺れがおさまったと気づいたときには、周囲は埃（ほこり）で煙っていた。

夏木家の母屋はほとんど無事だった。だが、裏の物置や馬小屋などが半壊し、斜めになっていた。

「おさまりましたね」

志乃が言った。落ち着いた口調にもどっている。

「いや。これほどの地震には余震がつきものだ。油断はできぬぞ」

と、夏木は仔猫を抱いたまま言った。

「父上。余震もそうですが、こんな地震のあとは、津波が心配です」

洋蔵が言った。以前、話を聞いた地震に詳しい〈富士見亭（ふじみてい）〉の女将（おかみ）が言っていたが、地震には、山の地震と海の地震があるらしい。いま、富士の方角にも浅間山（あさまやま）の方角にも、煙は見えていない。とすれば、これは海の地震だったのだろうから、間違いなく津波がやって来る。

「そうだな。どうする？」

夏木の屋敷は大川にも近いし、波は浜町堀を駆け上がって来るかもしれない。となれば、出水は避けられない。

「とりあえず二階に避難しましょう」

「わかった」

夏木はうなずいた。だが、新之助は、

「父上。わたしはすぐにお城に向かいます」

と、言った。まだ、西ノ丸勤めを離れたわけではないのだ。災害時には、幕臣はまず、お城へ駆けつけなければならない。

「そうか。気をつけてな」

やはり宮仕えはつらいものだと、夏木は思った。

藤村も、揺れがおさまったあとに心配したのは、津波のことだった。大地震のあとは津波だよとは、仁左衛門がさんざん言っていたことだった。

「次は津波が来るぞ」

「こんなとこまで？」

「ああ。大川も海もすぐそこじゃねえか」

「どうしたらいいので？」

「そうだ。茅場富士だ。あそこに逃げよう」

近くの茅場天神の境内には、富士塚がつくられている。富士の溶岩を積み上げたもので、相当しっかりしている。いちばんてっぺんまで上れば、霊岸島の家並の向こうに、佃島や江戸湾が見えるくらいに高い。

かんたんに荷物をまとめ、茅場富士へ行った。しょっちゅう眺めているが、登るのは子どものとき以来ではないか。周回するように登っていく。けっこう息が切れる。大勢来ているかと思ったらそうでもなく、町人が数人、頂上付近にいただけだった。

「おい、向こうを見ろ」

藤村は、湾の沖を指差した。

横一線に白く波立っているのが見えた。

仁左衛門はどうにかこうにか、永代橋の端まで来たとき、揺れがおさまっているのに気づいた。

「お前さん。もう大丈夫だね。永代橋も崩れなかったよ」

「いや、次は津波が来る。早く家にもどろう」

箱崎の長屋にもどるまで、ずいぶん多くの家がつぶれていた。だが、倅がやっている七福堂も、仁左衛門たちがいる長屋も、補強をしていたおかげで、倒れずに済んでいた。周囲は埃がひどく、耳次は何度も咳をした。

「ほら、みろ。おれが頑丈にしておいたおかげだろう」

「ほんとだね」

「さあ、ぐずぐずしちゃいられねえ。早く二階に上がるんだ。おれは、竹の筏を用意しておく」

丸めておいた筏を二階の窓の下に立てかけ、結んだ縄を二階に向けて抛った。大波が来て流されそうになったときは、こっちに乗ればいい。

七福堂に行き、

「おい。お前たちもこっちへ来るんだ！」

倅の鯉右衛門と嫁のおちさにも声をかけ、二階に上がった。

鯉右衛門とおちさがやって来たとき、

「見ろ。津波が来た！」

目の前の掘割の水嵩が、見る見るうちに高くなって、波しぶきを上げながら、地上へと這い上がった。ふだんは感じたことがないような、水量の凄さである。対岸は蠣殻町だが、真ん前は姫路藩邸の高い塀になっている。その塀に波が打ち寄せ、ざぶんざぶんという重い音が轟いた。

「なんてことだ！」

鯉右衛門が喚いた。

波の音だけでなく、建物が壊れ、材木がぶつかり合う音が混じる。左手の小網町の家並では、つぶれた家同士がかき混ぜられているように見える。

ここらは、大川を這い上がるのが本流とすると、横に分かれた支流と言える流れで、そう高い波ではない。

ひとしきり押し寄せると、今度は引いて行く。むしろ、この勢いのほうが強い。小網町の倒れた建物や材木などがずるずると引かれて行くのが見えた。

——この家は持ちこたえられるのか。

仁左衛門は手に汗を握ってなりゆきを見守った。

夏木家の屋敷は千五百坪ほどあり、周囲には塀をめぐらしている。すぐわきを浜町堀が流れ、津波はそこからせり上がってきたが、塀を超えるほどではなかった。

二階からそうしたようすを見ながら、

「わが家は難を免れたようだが……」

右手向こうに見えている町人地は、水をかぶっているようだった。

津波は下町全体を等しく襲うわけではない。いったん岸を這い上がると、川筋や地形によって、流れのようなものができてくる。

打ち寄せる波を耐え切ったのに、引き波に家ごと持って行かれるところも多い。なにせ、町人たちの家は、ろくな土台もなしに建てられているため軽いのである。どうにか潰（つぶ）されることから免れた人々は、今度は津波を避けるのに、屋根に攀（よ）じ登ったり、材木にしがみついたりした。

幸いにも、津波が避けて通ったあたりでは、別の災害が発生していた。火事である。まだ朝飯の途中だった刻限で、竈（かまど）には火が残っていて、そこから燃え広がった。家がつぶれたところで火がつけば、巨大な焚火（たきび）のようなことになる。町のあちこちから、青白い噴煙が上がり始めていた。

「仁左衛門の言っていたとおりになった」

夏木は、二階の窓から日本橋方面を呆然と眺めやりながら、そうつぶやいていた。

八丁堀の町方の役宅あたりは、日本橋川から這い上がってきた波と、亀島河岸を這い上がった波の両方がぶつかり合った。ただ、勢いはさほどではなく、家の外にいた者は、樹木などに攀じ登って、流されることから逃れているようだった。

幸い、八丁堀では火事は出ていない。だが、南茅場町の数か所から煙が上がっているのが見えた。

藤村はそうした状況を確認し、加代とともに役宅にもどることにした。

家は軒下がだいぶ波に洗われたようだが、畳が浮くほどではなかったらしい。だが、厠などは溢れ、ひどい臭いが漂っていた。

藤村は気分が悪くなり、庭の隅に行って吐いた。泡みたいなものが出ただけで、血は混じっていなかった。

いちおう畳を上げ、床板に風を通すようにした。近所同士で掛け合う声が聞こえ、加代が外に出て行った。

どうやら被害の出た家の手伝いをすることになったらしい。藤村は一人で、余震に備えて、仁左衛門がやっていた家の補強をすることにした。何度か小さな余震がつづいたが、最初のような揺れは来なかった。

そうこうするうち夕方になって、

「お前さま。康四郎が」

外に出ていた加代が嬉しそうな声で言いながらもどって来た。

康四郎が、岡っ引きの長助を連れて、門から入って来た。

「おお、無事だったか」

藤村もホッとして言った。

「ちょうど小梅村の近くにいたので、つぶされる心配はなかったのです」

「それは運がよかった」

「でも、本所を一通り回ってから、奉行所にもどったので、深川のほうはまだ見てません。ひどいことになっているでしょうね」

「ああ、おいらもこっちから眺めただけだが、だいぶやられたな」

「今日はおそらく奉行所に詰めることになり、あすからもかなり忙しくなると思いますが、父上や母上も御身大切に」

康四郎は、いつもの生意気そうな口ぶりではなく、健気なことを言った。

「うん、こっちは心配するな。せいぜい働くことだ」

藤村がそう言うと、加代は恨めしそうな顔をして、

「いま、おむすびをつくりますから持って行きなさい」

と、台所にもどって行った。

三

地震のあと二日間は、夏木も藤村も仁左衛門も家のことで手一杯で、とても初秋亭のようすを見に行く余裕はなかった。

三日目の朝——。

連絡を取ったわけでもないのに、三人はいつもと同じくらいの刻限に家を出て、深川に向かっていた。

最初に永代橋の上に来たのは、夏木権之助だった。

崩れたのではないかと心配した永代橋だったが、なんの損傷もなさそうだった。

橋番に訊いても、丹念に調べたが、羽目板が数か所でずれたりしたが、造り自体はまったく大丈夫とのことだった。

夏木は、ゆっくり橋の上を歩いた。湾曲したいちばん高いところに立ち止まり、深川を眺め回した。

「これはひどい」

被害の大きさは一目でわかった。

家はぽつんぽつんと残っているが、それはやけに目立っている。大名屋敷などは、広大な敷地と生い茂った樹木のため、被害のようすはほとんどわからない。正面彼方（かなた）の永代寺や、富ケ岡八幡宮（とみがおかはちまんぐう）の本堂や社殿は無事だったらしい。ただ、町人地では、残っている建物が数えられるくらいだった。

「これは復興できるのだろうか」

夏木は啞然（あぜん）として立ち尽くした。いったい、どれだけの人が家を無くし、命を失ったのか。思わず嗚咽（おえつ）がこみ上げた。

「夏木さま」

後ろから声がかかった。振り向くと、七福仁左衛門がいた。

「お、仁左。無事だったか」

「夏木さまもご無事で」

「おさとは大丈夫か、耳次は？」

「おかげさまで、うちは皆、無事でした。あっしが家や店に補強を施しておいたのがよかったみたいで、近所はだいぶやられましたが、うちはつぶれずに済みました。

「それはよかった」

「夏木さまのところは？」

「うむ。いくらか壁が落ちたり、小屋がつぶれたりはしたが、人は皆、無事だった」

「そいつはよかったです」

話していると、向こうから藤村慎三郎がやって来た。高く右手を上げたところを見ると、藤村の家も家族も大丈夫そうである。

「お二人とも無事でよかったねえ」

と、藤村が笑顔で言うと、

「まったくだ。わしらは皆、運がいい」

「ふだんのおこないのおかげでしょ」

三人は、四十年以上前の少年の日のように、背を叩(たた)き合い、肩をぶつけ合った。

「仁左の予言は当たったわけか」

夏木が言うと、

「ああ、勘は馬鹿にできねえ」

藤村はうなずいた。

だが、仁左衛門は浮かない顔で、

「当たったと言えるのかね。しょせん地震はいつか来るものなんだし、あのあとすぐならともかく、ずいぶん日にちも経っちゃったしね」

「ま、当たって嬉しいもんでもねえしな」

「ほんとだよ」

「さて、初秋亭だ」

と、夏木が言った。

「見えてるよ、夏木さん」

藤村が指を差した。熊井町(くまいちょう)の真ん中あたり。まぎれもない初秋亭が見えている。

「ほんとだ。無事だったようだ」

「なんだか懐かしい感じがするのは、あっしだけですかい」

仁左の目に涙が浮かんでいる。

三人は足を速めた。

相川町(あいかわちょう)の途中まで来て、

「あ」

仁左衛門が指を差した。妻たちの早春工房である。

「ほら、倒れてないよ」

「これも仁左の補強のおかげかな」

藤村が玄関の柱を撫でながら言った。そこにも三角の木が打ちつけられていた。

「そりゃそうだよ」

仁左衛門は板戸を開けて、なかを見た。無論、まだ誰も出て来ていない。

「水もあんまり来てないよ」

土間は湿気ているが、畳が水をかぶった跡はない。いかにも女たちの作業場のような、いい匂いまで残っている。町中に悪臭が漂っているのに、ここだけ花が咲いているようだった。

「驚いたな」

「夏木さん。われわれの女房どのは、男よりもおこないがいいということかね」

「悔しいけれど、そうらしいな」

三人は笑って、その先に進んだ。

相川町から熊井町へ。数十年ぶりに故郷へもどるような気持ちである。

「ほう」

三人は、初秋亭の前に立って、建物を舐めるように点検した。

「びくともしていないな」

「前よりきれいになったんじゃねえか」

「それは周りがひどいことになっているからだよ」

三人は、惚れ惚れしたように眺め回してから、玄関の戸を開けた。

いくらか潮の匂いがしている。

「水はかぶったな」

「そりゃあしょうがねえ。津波がまともに押し寄せたはずだもの」

「それでも、この程度で済んだのは奇蹟みたいなもんだよ」

仁左衛門が先になかへ上がって、板戸を開けた。暗かったなかが明るくなると、畳が滲みになっているのが見えた。壁に水の跡はついていないので、直接、部屋のなかには入っていないのだ。

「これは、あっしの補強だけの手柄じゃねえ。最初に建てた人が偉かったんだ。おそらくこんなこともあろうかと、ちゃんと土台を高くしていたんだよ」

仁左衛門は感心して言った。

「そうだ。ナマズはどうなった？」

夏木が玄関わきの甕(かめ)をのぞいて、

「なんと、いるではないか」

「ナマズ、いるのかい？」

藤村ものぞいた。

甕の底でナマズがじっとしていた。

「津波が来ただろうに、逃げなかったのかね」

夏木が不思議そうに言った。

「逃げたら、疑われると思ったんじゃねえのか。地震を起こしたのは、おいらのせいだって」

藤村がそう言うと、

「なあ、仁左。こんな可愛いやつが、地震を起こすわけがあるまいよ」

夏木は、仁左衛門を見て、諭すように言った。

四

「まずは、どうする？」

「畳だよ、夏木さん」

「そうそう。こんないい天気だ。すぐに乾くんじゃないの」

三人はすぐに畳を陽の当たるほうに干した。

大災害のあととは思えないような晴天で、乾いた風が吹き渡り、心地よいくらいである。その空の下には、目をおおうような惨事が繰り広げられているというのだから、この世はどうなっているのだろう。

これなら今日中には乾いてくれるだろう。変な臭いもついていないので、とりあえず、きれいに拭き掃除をして、畳屋が来るまで使うことにした。

それから、三人は隣の番屋をのぞいた。

番屋は平屋建てで、壁の一部が崩れはしたが、土台や枠組みはしっかりしているようだった。なかには、町役人の清兵衛が、町内の人名簿らしきものを前に腕組みしているところだった。

「おう、無事だったか」

藤村が声をかけた。

「あ、藤村さま。夏木さまも、七福堂さんも。ご無事でなによりです」

「ここの者はどうだった？」

「ええ、それが……」

清兵衛の眉が曇り、

「慈三郎さんが、どうも家ごと流されて亡くなったみたいなんです」

「そうか」

ここではいちばん年嵩の町役人だった。なかなかの頑固者で、生き残っていたら、さぞやこのどさくさに筋道をつけるのに尽力したに違いない。

「それと、番太郎の卯平の母親が逃げ遅れて、つぶれた家の下敷きになって亡くなってしまいました。それで、いまは寺のほうに行ってます」

「そりゃあ、つらかったろうな」

「でも、七福堂さんがそこに立てかけておいてくれた筏のおかげで、何人も助かってますよ。あれがなかったら、ここらじゃあと五、六人は流されて助からなかったでしょう」

「そうだったのかい」

仁左衛門は、喜ぶよりは、切なそうにうなずいた。

「深川全体の被害の全貌はまだわからねえよな？」

藤村が清兵衛に訊いた。

「詳しいことはまだですが、地震の被害がいちばんひどかったのは、永代寺裏手の蛤町界隈と、三十三間堂裏手の門前東仲町あたりみたいです。どうもあそこらは地盤がゆるかったみたいで、しかも建物は安普請なのに二階建てが多かったので、たちまちぺしゃんこですよ」

「そうか。火事も出ただろう？」

「ええ。火事はおもに三か所で、深川万年町、深川冬木町、深川門前仲町の三か所から出て、周辺が焼けたみたいです」

「木場は？」

「木場には火は回らなかったみたいですね」

「そりゃあ、よかった」

あそこがやられたら、復興のための材木まで足りなくなる。

「でも、津波があんなに恐ろしいものとは思いませんでした。あたしも危うく呑み込まれるところでしたよ」

と、清兵衛は肩をすくめ、

「被害も相当なものです。大川沿いの相川町と熊井町は当然、ずいぶんやられましたが、越中島の裏手になる中島町、大島町、蛤町、黒江町のあたりまで、引き潮で滅茶苦茶になってますからね」

「遺体なんかはどうしてるんだい？」

　仁左衛門が訊いた。

「ここらじゃ、とりあえず正源寺（しょうげんじ）が無事だったんで、そこの境内に並べてます。ご住職も『この際、宗旨がどうのと言っておられぬわ。どんどん持って来るといい』と言ってくれてますのでね」

「そりゃあ、ありがたい」

「でも、もう埋めるのは無理でしょう。どんどん腐敗しますんで、身元がわかった順に、髪の毛と遺品を遺し、急遽（きゅうきょ）つくった焼き場で、焼いていってるんです。でも、身元がわからない遺体はどうするかですよね」

　清兵衛は途方に暮れたように言った。

「わしらが手伝えることがあったら、なんでも言ってくれ」

　夏木がそう言うと、清兵衛は拝むように三人に手を合わせた。

　いったん通りに出て左右を見渡し、

「ちと、界隈を回ってみるか？　わしらにやれることがあるかもしれぬ」

夏木が提案した。

「そうしよう」

藤村と仁左衛門も賛成し、海辺のほうに向かって歩き出した。

海に近づくほど被害はひどいかと思ったが、海辺の多くは大名の下屋敷になっているので、そこはそれほど目立った被害はなさそうだった。忍藩邸の前では、被災者のため粥をつくって食べさせていて、多くの被災者が列をつくっていた。

大島川をはさんで、中島町、大島町と歩くと、こちらは惨憺たるものである。地震であらかたつぶされたところに津波をかぶったものだから、町全体を砕いてかき回したみたいになっている。

そのごちゃごちゃしたところに目をやると、

「おい、あさるんじゃねえぞ！」

藤村が大声で怒鳴った。

火事場泥棒の類で、災害のあとはどうしても出てくるのだ。男はチラリとこっちを見ると、ペッと唾を吐き、向こうへのそのそと歩いて行った。

「野郎も一切合切無くしちまったのかもしれねえしな。やりきれねえもんだぜ」

藤村は顔をしかめて言った。

歩くほど遺体が目についてくる。

藤村は、ふつうの暮らしをしている人間に比べたら、ひどい遺体を見慣れている。その藤村でも、目を覆いたくなる遺体が散乱している。それをカラスや野良犬がガツガツとあさっている。早く一か所に集めて、焼くなり埋めるなりしてやりたいが、いまは人手がまったく足りていない。

そんな藤村の思いを感じ取ったのか、

「とりあえず、生きてるほうが先だよ」

仁左衛門が先を促した。

蛤町に入って、松島橋（まつしまばし）を渡ったあたりで、

「ん？」

夏木が足を止めた。

どこかで猫の鳴き声がしたのだ。

「どこだ？」

材木が積み上がった下をのぞき込むと、仔猫（こねこ）がいた。

「夏木さん。猫は後回しだろう」

藤村は言った。

「いや、水に囲まれて動けなくなってるだけだ。あすこから出してやる」

折れて重なり合っている材木を数本、三人でどかすようにして、夏木は手を伸ばし、猫を摑んだ。夜雄よりは一回り大きいが、まだ仔猫である。

「よしよし、腹が減ってるのだな」

夏木はあたりを見回して、腹を上にして死んでいる魚を見つけた。つまんで臭いを嗅いでみると、

「まだ、腐ってはいないな」

と、仔猫に与えた。仔猫はこれを抱くようにして、齧りついた。

「よし。これで大丈夫だ」

三人は先に進んだ。

北川町のあたりは、ほかと比べるとまだ、建物がかたちを保っている。

「おや？」

またも夏木が足を止めた。

「また猫かい、夏木さん？」

「いや違う。あれは、金太ではないか？」

夏木は潰れた家の屋根の上を指差した。

金太というのは、苛められっ子だったのを憐れんで、藤村が剣術の稽古をつけてやっている少年である。

「え？　そうかもな」

突っ伏したままるで動いていないので、死んでいるのかもしれない。どちらにせよ、あそこから降ろして、助けるなり、供養するなりしなければならない。

「夏木さん。足元が悪いから、おいらが行く」

近づいて行こうとする藤村に、

「藤村さん。むやみに近づくのは危ないよ。梯子を持って来て、渡しながら近づいたほうがいいと思うよ」

と、仁左衛門は言った。

「大丈夫だ」

「いや、こういうことは仁左に従ったほうがいいぞ、藤村」

「あっしが取って来るよ」

仁左衛門は、急いで初秋亭に引き返し、梯子を持って来た。

「なるほど。これはいいいや」

藤村は、瓦礫の山のようになったところに、梯子を横に倒し、その上を渡るようにして近づいて行く。梯子の先端のところまで来ると、そこで梯子を引き寄せ、先へ伸ばすようにした。今度は、先端が少年のいる屋根に架かった。屋根まで来て、藤村はうつ伏せている少年の顔をのぞき込んだ。

「金太だ」

「生きてるか？」

夏木がこちらから聞いた。

藤村は仰向けにしてから抱き上げた。身体はまだ温かい。

すると、金太はうっすら目を開けた。

「金太」

「お師匠さま」

金太はかすかに微笑んだ。

「生きてるぞ」

抱き上げたまま、ゆっくり梯子を渡って、元の通りに来た。

「大丈夫。おいら、歩けるよ」

金太は藤村の腕のなかでもがいて、下に降りようとする。

ゆっくり下ろすと、ちゃんと立つことができた。

「おいら、腹減ってんだ」

「よし。とりあえず初秋亭に行こう」

二階には、貰いものの羊羹やかき餅があったはずである。

藤村が金太を背負って、初秋亭に引き返した。

五

金太を入れた四人が初秋亭にもどって来ると、玄関口に志乃と加代と、耳次を背負ったおさとがいた。

「どうした、志乃?」

夏木が訊いた。

「早春工房のようすを見に来たんですよ。そうしたら、前後して加代さんとおさとちゃんも」

「ほとんど被害はなかっただろう?」

「はい。七福堂さんのおかげですよ」

志乃と加代に頭を下げられて、

「いいえ、とんでもねえ」

仁左衛門は柄になく照れた。

「それで、あたしたちも、町のためにできることをしようと言っていたんです」

「それはありがたいな」

「ざっと見てきたのですが、家を無くした人や、ふぬけみたいになっている人が大勢いるんですよ。それで、早春工房と初秋亭を、とりあえずの避難場所として使ってもらうのはどうでしょう?」

と、志乃は言った。

「そうだな。まずは女子どもを優先したほうがよかろう」

「炊き出しもしてやりたいんですよ。早春工房にはお米が置いてあったので」

と、加代が言った。

「それはいいけど、水はあるのか?」

藤村が訊いた。もともと深川の井戸水は塩気があるが、こんな災害のあとでは井戸の水も川の水も使えないだろう。

「持って来ます。うちの井戸は大丈夫みたいですから、馬に引かせて持って来ましょう」

志乃はたすきをかけながら言った。

「でも、お前さん。怪我してる人もいっぱい見かけるんだよ。お医者さまはいないのかね。いたら、来てもらって、こうしろああしろと言ってもらえたら、助けられる人もいっぱいいると思うよ」

おさとが言うと、

「ほんとね。あたしたちも、焼酎で傷口を洗ったり、血止めの膏薬を塗ったりはできるもの。この際、早春工房に置いてある薬は、ぜんぶ出しましょう」

加代がうなずいて言った。

「わかった。じゃあ、中島町に、真崎仁斎という名医がいる。あの先生にどんどん患者を診てもらい、手当は手伝いの者がするというようにしたらいい」

「でも、仁左、中島町のありさまは見ただろうよ」

「あそこは海辺のほうだよ。先生んとこは福島橋に近いほうだったからね。ちょっと見て来るよ」

仁左衛門は駆け出した。さっき、夏木と藤村がいるときも気になっていたことを、確かめてみるつもりだった。

仁左衛門は走りながら、永代橋の上で地震に襲われたときのことを思い出していた。おさとと耳次のところに駆け寄ろうとしたとき、ちらりとかな女を見ると、目が合った。あんたはやっぱりそっちに行くのね、という目をしていた。

あのとき答えなかったが、もし答えたとしたら、

「当たり前だろうよ」

だった。いざというとき、女房子を守ろうとするのは、男の務めじゃないかと。

いま思えば、かな女とのことは、まるで地震の前触れのように燃え上がった奇妙なできごとだった。突発的だったし、冷静でもなかった。だから、いざ、地震が来たら、恋心のようなものは、跡形もなく消え失せていた。いや、かな女の熱烈さに辟易（へきえき）して、もう消えかけていたのかもしれない。

ただ、あのときかな女が深川に駆けて行き、それで建物につぶされたり、津波に呑まれて死んだりしていたら、責任のような気持ちは感じるかもしれない。

逆に生きていて、顔を合わせることになったら、

「もう終わりだ」

と、告げるつもりだった。

黒江町のところまで来た。道がところどころ通れなくなっていて、方角までわからなくなる。確かこのあたりだったと立ち止まり、周囲を見回すが、

「こりゃあ、ひどい」

と、唖然としてしまう。ここらは火事は起きなかったが、地盤が弱いのか、ほとんどの家が倒壊している。しかも、津波に洗われて、町全体が、ごそっと海に向かって動いてしまったみたいである。

うろうろしている男がいたので、

「ここらに発句の女師匠の家があったんだけどね？」

と、訊いてみると、

「他人の家なんか知るもんか。おいらは自分の家もわからねえんだ」

力のない声で言った。

瓦礫のなかで押しつぶされているのか。何軒か潰れた家の下をのぞき込んでみるが、とても見つかりそうもない。諦めて、今度は中島町のほうへ引き返した。

ちょうど福島橋の近くで、男四、五人が瓦礫の片付けをしていたので、

「この近くに真崎仁斎先生の家があっただろう？」

と、仁左衛門は声をかけた。

「先生は亡くなったよ」

そのうちの一人が、こっちを見もしないで、怒ったように言った。

「亡くなった？」

「ああ。流されそうになってた婆さんを助けようとして、いっしょに流されちまったよ」

「でも、死んだかどうかはわからないだろう？」

「遺体が見つかったよ。正源寺でさっき茶毘（だび）に付してきた」

改めて男たちの顔を見ると、いちように陰鬱（いんうつ）な顔をしている。片付けているのは、真崎仁斎の家だったらしい。

「なんてこった」

仁左衛門は念仏を唱えながら、初秋亭に引き返した。


「亡くなった？　真崎先生が？」

夏木が大声を上げ、落胆を露（あら）わにした。

だが、落胆したのは夏木だけではない。藤村も、仁も徳もある名医という噂を聞いていた女たちも、いっせいにため息をついた。

「怪我人の世話は諦めるかね」

仁左衛門がそう言うと、

「いや。もう一人、名医がいるだろうが」

夏木は言った。

「どこに？」

「つまらん爺さんだよ」

「あ、そうだった。あの人は医者だったんだ。でも、もう医者はやめたって言ってなかったけ？」

「やめても医者は医者だ。よし、虎山を連れて来よう」

夏木はいきり立ったような顔をして外に出た。

富沢虎山の家は、一色町で河岸に面している。夏木は家の前まで行ったことがあった。

一色町のあたりは、海からはだいぶ離れているので、まともに津波を食らうまではなかったらしい。それでも、油堀に面した一色河岸は、舟がひっくり返っていたりする。

富沢虎山は、家の前で呆けたようにしゃがみ込んでいた。

「よう。虎山」

夏木が声をかけた。

「ああ、あんたか」

「無事でよかった」

「ああ。でも、家はこのざまだ」

ぺしゃんこというほどではないが、屋根がこっちに大きく傾いている。なかのようすを見ると、家財道具が滅茶苦茶になっているのがわかる。

「家にいたとき地震が来たのか？」

「いや。ちょうど八幡宮の境内にいたときでな。家のなかだったら、書物の山に押しつぶされて、いまごろは身動きできずに唸(うな)っていたかもな」

相変わらず皮肉な笑みを浮かべて言った。

「初秋亭の界隈(かいわい)でも、怪我人が大勢出ていてな」

「そりゃそうだろう」

「先生に手伝ってもらいたいのさ。医者としてな」

「医者として？」

「ああ」

嫌だと言ったら、怒鳴りつけてでもやらせるつもりだった。

虎山は、考え込むというより、夏木の言葉を身体に沁み込ませているみたいに黙っていたが、

「まったく、こうなると、猫の手医者としてやるしかないわな」

うんざりした顔でうなずいた。

「そういうことだ」

「それで、どこでやる？」

「初秋亭は無事なので、あそこを臨時の治療所にする。あんたが次々に怪我人を見て、女たちにああしろこうしろと指示してくれ」

「そうか。まずは医者の道具を出さなきゃならん。あんた、手伝ってくれ」

「わかった」

潰れた屋根のあいだからなかに入ると、書斎はぐちゃぐちゃになっているが、その道具とやらは奥の押入れに入れておいたらしく、なんとか取り出すことができた。

「薬はとりあえずありったけを持って行くか。災害のあとは、怪我人だけでなく、病人も多くなるのでな」

そのありったけをまとめて、二つに分け、二人で首に結わえるようにした。虎山

の顔が、以前よりきりりっと引き締まったように見えた。

六

五日目あたりで、ようやくすこし深川の町に落ち着きがもどってきた。

山の手に逃げていた住人も、ぼちぼちもどり始めている。

そんななか、江戸の町に、ナマズ絵というものが現われた。

お札がわりに、壁や柱に貼り付けたりする者もいれば、枕の下に置いて寝る者、お守りがわりに携行する者など、使い道はさまざま。

また、瓦版（かわらばん）のように、被害のようすをつづったものもある。

通常、瓦版は幕府が厳しく取り締まるが、いまはそれどころではない。無許可のまま、何百という数のナマズ絵が、江戸の町々に溢（あふ）れた。

「洋蔵。ナマズ絵というのは、昔からあるのか？」

夏木はちょうど手伝いに来ていた三男の洋蔵に訊（き）いた。

「ありますよ。東海道（とうかいどう）の大津（おおつ）宿の土産物に、大津絵というのがありますが、それでナマズ退治を題材にした絵を見たことがあります」

「ああ、大津絵にな」

「ナマズが地震のもとというのが、いつから言われ出したかまではわかりませんが、鹿島神宮が祀るタケミカヅチノオという神が、地震を起こすナマズを退治してくれるという話は聞いたことないですか？」

「うむ。聞いた気がするな」

「歌舞伎の『暫』でも、鯰坊主という悪役と戦いますが、ナマズというのは、悪役として人々の心に定着しているみたいですね」

「じっさいは、愛嬌のある生きものなのにな」

生きもの好きの夏木としては、なんとなく釈然としない。

「おそらく、いま出てきているナマズ絵には、天災を押さえたい願望と、世直しを待つ気持ちが込められているのでしょうね」

「世直しか」

「ところで、お使者の話はどうなりました？」

新之助の町奉行の件である。

「うむ。正式にはまだ連絡がないが、新之助が昨夜言っていたのは、こういうことになると人事の刷新より、ものなれた奉行が継続することになるでしょうとのことだった。まあ、わしもそうなると思うがな」

「そうですか」

洋蔵はうなずいた。たいして残念がっているように見えない。おそらく、洋蔵なりの考えがあるに違いないが、夏木はしいてそれを訊きだすつもりにもなれなかった。

そのナマズ絵は、ちょっと変わっていた。

最初に見つけたのは仁左衛門で、

「ナマズに懸賞金が出てるよ」

と、夏木と藤村に教えた。

「懸賞金？　なんだ、それは？」

「この界隈のそこらじゅうに貼られてるんだ。隣の番屋の壁にも貼られてるから、見てみなよ」

「どれどれ」

なるほど、ナマズというか、ナマズに似た男の人相書みたいなものが貼られている。その下にこんな文言が書かれていた。

このナマズ男こそ、今度の地震の張本人。
人に化けて、いまも町を歩いている。
歩いているのを見つけたら、熊井町の番屋まで。
居場所を突き止めたら、三両進呈。

「ナマズに似た人って、前もいたよなあ」

藤村が言った。

「うん。〈千島屋（ちしまや）〉に来てた大工の棟梁（とうりょう）だろう。でも、あの人とは違うよ」

「確かにな。だいたいナマズ顔って珍しくはねえんだよ。色が黒くて、唇が分厚かったりすると、ナマズに近くなるんだ」

「それにしても、三両とは大金ではないか」

夏木は呆（あき）れた。

「なんか変だよね？」

仁左衛門が夏木と藤村を交互に見て訊いた。

「ああ、変だ」

夏木がうなずき、

「よう。この貼り紙だがな」

と、藤村が番太郎に声をかけた。

「誰が頼んで行ったんだ？」

「四十くらいの男で、易者だと言ってました」

「易者？」

「京橋のたもとに出ているということですが」

「京橋の易者が、熊井町に？」

藤村は首をかしげた。

「正源寺の右手のほうに大きな隠居家みたいな家があったのをご存じないですか？」

「ああ、あったな。三百坪ほどあったんじゃないか。あそこには猫嫌いの隠居がいて、よく野良猫に石を投げたりしていたぞ」

と、夏木が言った。

「あの人、隠居じゃなくて易者だったんですよ」

「そうなのか。確かに、隠居にしてはまだ若いとは思ってたが、ずいぶん立派な家に住んでたのだな」

　夏木は、易者というのは、てっきり裏店でつましい暮らしをしているものだと思っていたが、そんなに儲かる商売なのかと、いささか憮然となった。

「それで、易者がナマズに似た男を見たのか？」

　と、藤村が訊いた。

「ええ。地震の前に、そいつをここらで見かけたんだそうです。見たときに、こいつはなにかの化身だと直感したそうです。そしたら、案の定、こんな地震が起きたと」

「それで人相書を？」

「そうなんですよ」

「捕まえてどうするつもりなんだ？」

「さあ、あたしもそこまでは……。いえね。大変でしょうと、差し入れまでしてくれたんで、貼り紙くらいはいいかなと」

「差し入れかよ」

「旦那たちがさっき食べた餅がそれで」

「おいおい」

　お裾分けでもらってしまっていた。

だが、なかなかうまく描かれた人相書である。人相見が描いただけあって、この本人を知らなくても、特徴をとらえている気がする。これを見たあとで本人を見たら、ピンと来るかもしれない。

「よし。三両もらうか」

藤村が言った。

「わしも捜そう」

「あっしも」

三両でかなりの人を助けられるはずである。

七

その日も次の日も、初秋亭の三人は、見かける人々のなかに人相書のナマズ男の顔を捜したが、まったく見つけられなかった。

夕方になって、

「まだ、誰も名乗り出てきておらぬのか？」

と、番屋の番太郎に訊(き)いてみた。

「まだなんですよ。それに見かけたとしても、ただ、三両もらうには、見たというだけでは駄目で、あとをつけたりして、その男だとはっきりさせなきゃいけませんしね」

「そうだよな」

「似ているのを見たというのは、何人か来ましたけどね。でも、あまり当てにならない話でしたよ」

「ふうむ」

こんなときの礼金三両というのは、喉から手が出るくらい欲しいだろうから、この貼り紙を見た者は、必死で捜すはずである。

「あれは、なんか、引っかかるんだよな」

と、藤村が言った。

「なにが引っかかるんだい、藤村さん？」

仁左衛門が訊いた。

「おいらが引っかかるってことは、悪事の臭いがするってことさ」

「なるほど」

だが、いまはそれどころではない。

富沢虎山が医者として診療を始めると、患者が押し寄せ、すぐに帰せないような怪我人は初秋亭で休ませることにすると、二階も一階もいっぱいになった。金太は、怪我はたいしたことはないが、親が見つからないので、まだ初秋亭にいる。

「これはきりがねえな」

と、藤村も頭を抱えた。

「早春工房も、あと二人しか入れられないらしいぞ」

夏木が言った。

「弱ったな」

そこへ、藤村康四郎と長助が回って来た。

「おう、いいところに来た。いま、初秋亭と早春工房に怪我人や家を無くした連中を入れてるんだが、ほかでもこういうことをしているところはねえのか？」

藤村が訊いた。

「寺もいろいろしてくれているんですが、いまは運び込まれる遺体の処理で手一杯なんですよ」

「だろうな」

遺体はおそらく、深川だけでも数千体に及ぶだろう。

「お船手方が、流された舟を集めてきて、そこに町人たちを避難させようというのを始めています」

「そりゃあ、いい案だ」

どこの部署にも、気のつくやつと、役に立たないボケナスがいるものである。

「町方もなにかしてくれてるんだろうな?」

「父上。生憎ですが、おいらたちは治安のほうで手一杯なんです。なにせ、こういうときは泥棒が横行しますのでね」

「そうだな」

火事場泥棒はかならず出るのだから、こんなことになったら、出ないわけがない。

「それを防ぐのに、ずうっと見回ってます。もちろん、助けられそうな人がいたら、住人と協力して助けてますが」

「わかった。おめえはそのまま、頑張ってくれ」

素人の復興支援は、すぐに限界に突き当たることを思い知った。

藤村が、ほかにも初秋亭のようなところはないものかと思って近所を歩いていると、番太郎が言っていた大きな隠居家の前に出た。なるほどここは三百坪ほどあるし、庭は流されてきた材木だの家具だのが散乱しているが、建物も無事である。

——使わしてもらいてえな。

そう思いながら見ていると、家から白髪の男が出て来て、

「おっと、申し訳ないが、塀のなかには入らんでもらいたいですな」

と、藤村を咎(とが)めた。

「塀だと？」

「そこにあるでしょうよ。地震で上のほうが壊れてしまいましたがな」

「ああ、これな」

なるほど、上のほうが壊れているが、塀がある。藤村は、ほかもごちゃごちゃしているので、なにも考えずに乗り越えていたらしい。

「こんなときは、土地の境目をはっきりさせておかないと、あとでいさかいの元になりますのでな」

「もっともだ」

と、藤村は塀の外に出た。

「御用ですかな？」

「おいらは、熊井町の番屋の隣にある初秋亭ってところの者だがな」

「ああ。ありますな。噂を聞いたこともあります」

「お前さんは、大店の隠居なのかと思ってたが、易者なんだってな」

「いかにも。わたしは、斎藤天眼といいましてな、もう二十年近く、京橋のたもとに座ってますぞ」

知らないのはもぐりだと言いたげである。

「うん。見かけていたかもしれねえ。ところで、そこらじゅうに貼ってあるナマズの人相書だがな、あんたが貼ったんだろう？」

「そうですが」

「あんた、本気でナマズが地震を起こしたと思ってるのかい？」

「もちろんです。それで、あの男がナマズの化身なのです」

「地震は易でも出てたかい？」

「それらしいことは出てましたよ。あたしは、人相がもっぱらで、天変地異についてはあまり占わないんですが、ただ、このところやけに、不慮の死だの、水難だのが人相に現われるなと、気味悪く思っていたんです」

「ほう」

「まさか、こんな大地震が来るとは思いませんでしたよ。易者として不覚でした」

易者は、なにやら神妙な顔をしてみせた。

「それで、ナマズに似た男は、いつ見たんだい？」

「地震があった前の日ですよ。一目で、こいつは只者(ただもの)じゃないと思いました」

「声をかけたのかい？」

「かけたのですが、あたしの視線をこうやって避けるようにしましてね。それでも前に回って、こう天眼鏡を当ててましてね」

易者は、身振り手振りを入れて説明した。

「見たんだ？」

「もちろん。あれは、人に化けてましたが、そこらの池にいるようなナマズじゃありませんよ。いわば、ナマズの巨大な化け物といったほうがいいでしょうな」

「そんなのが、人に化けるかね」

「地震を起こしたナマズの化け物本体かどうかは、あたしも定かじゃありません。もしかしたら、化け物の使いかもしれません」

「それで、そいつを見つけたら、あんた、どうするんだい？」

藤村が問うと、易者はじいっと見つめ返して、

「正体をあばき、二度とあのようなことをするなと叱りつけてやります」

と、真面目な顔で言った。

「叱りつけて、ああ、そうですかと言うことを聞くのかい？」

藤村は斜めの笑いを浮かべながら訊いた。

「それは、やってみなければわかりません」

「なるほどな」

藤村は馬鹿馬鹿しくなってきた。

もう帰ろうと思ったが、ふと、悪戯心のようなものが湧いた。

「よう。易者さん」

「なんですかな」

「その人相書の男を捜すのを手伝うから、ちと、おいらの人相を観てもらえねえかい」

「貴公の人相？」

「ああ」

「知らないほうがいいと思いますがな」

「なんで？」

「病んでますよ。それも、重篤な病です」

「………」

「先は長くないかもしれません。長く生きたかったら、まずはとにかく功徳を積みあげることですな」

そう言って、易者は家のほうに引き返して行った。

「ああ、そうかい」

藤村は、訊いたことを後悔した。

八

藤村が易者と会った話を聞いた夏木は、しばらく考えていたが、

「そのナマズに似た男が、あの人相書を見たら、嫌な気分になるだろうな」

と、言った。

「だろうな」

「じろじろ見られるだろうしね」

「だから、もしかしたらこれは逆なのではないか」

夏木は腕組みして言った。

「どういう意味だい？」

「この人相書は、ナマズに似ているという男を見つけるのではなく、この男に、ここらに近づかせないためのものなのではないのかね？」

「ほう、面白いねえ」

藤村がニヤリとした。

「ということは？」

仁左衛門が訊いた。

「あいつの住まいか熊井町のどこかに、このナマズに似た男が狙っているものがあるのではないかな。だが、そいつに近づけさせたくないわけさ」

「なんかのお宝かい？」

「まあ、そんなようなものだろうな。地震で紛失しちまったのかもしれんな」

「いいとこ突いたと思うぜ、夏木さん」

藤村は言った。

藤村康四郎は、とにかく忙しい。被災地をあさりに来る盗人(ぬすっと)たちの警戒で、長助い。

とともに、深川中を歩き回っている。おやじの藤村は、その倅をなんとか捕まえた

永代橋のたもとで待って、ようやくやって来た康四郎に、

「おい、地震のちょっと前に、ここらで押し込みみたいなことはなかったか？」

と、藤村は訊いた。

「ありました」

「やっぱり」

「地震の前夜ですが、木場の〈長丸屋〉という材木屋に泥棒が入りましてね」

「千両箱でもやられたのか？」

「いえ。神棚にあった七福神の像を盗まれたんです」

「七福神ねえ」

「それが純金製だったんです」

「どれくらいの？」

「これくらいですが」

と、両手で抱えるようなしぐさをして、

「金メッキじゃないですよ。混じりっけなしの純金製です。当然、かなり重かった

そうです」

「じゃあ、数百両ってとこか？」

「五百両はくだらないと」

「そりゃあ、大金だ」

「ただ、それがあるのを誰も知らなかったらしいんです」

「身内も？」

「ええ。女房も、若旦那も」

「でも、盗まれたのは不思議だって」

「そのあと、調べは？」

「いや、それどころじゃないでしょう」

それはそうである。

「長丸屋ってのは、どういう商人だ？」

藤村はさらに訊いた。

康四郎は長助を見ると、

「この十年、けっこう大胆な商いをしてましてね。いっきに大きくなったんです。運のいい人ですよ」

と、長助が言った。

「運がな」

「信心深いし、易にも凝ってたりしていたそうです」

「易に？　易者なんかにも観てもらったり？」

「それはしょっちゅうだったみたいですね」

「そこか」

と、藤村は手を叩いた。

「康四郎。盗人を追いかけている場合じゃねえかもしれねえがな」

「いや、町はだいぶ落ち着いてきていますから」

「意外に大物を捕まえることになるかもしれねえぞ」

「盗人の大物ですか？」

「ああ」

とうなずき、ちょうどすぐわきにも貼ってあったナマズの人相書を指差しながら、

これまでのことを語った。

「その易者が七福神を盗んだ下手人ですか？」

「ああ。易者ってえのは、うまくすると家のなかのことを洗いざらい訊くことがで

きるだろうよ」

「確かに」

「しかも、大事なお宝はどこどこへ隠せと忠告することもできるんだ」

「ははあ」

「いざ、盗みに入った日には、お宝のありかもかんたんにわかってしまう」

「もしかしたら、いくつか思い当たることがあります」

康四郎は、眉をひそめて言った。ずいぶん思慮深そうな顔をするようになったもんだと、藤村は胸のうちで感心した。

「どんなこと？」

「ある豪商が、急に別荘を根岸から、新しく買った柳島の別荘に移しました。途端に押し込みに入られて、三百両を取られました。易者の言うことなど聞くんじゃなかったと愚痴ってました」

「その易者は？」

「確かめてきます」

「それと、長丸屋の話ももういっぺんな」

「もちろんです」

九

康四郎が改めて調べ直して、間違いないということになった。柳島の別荘に入られた豪商も、大丸屋のあるじも、京橋の易者斎藤天眼の常連で、金子や宝の隠し場所は天眼の忠告どおりにしていたのだった。ナマズ似の男は、その実行役で、地震の前になにか揉めたかして、会いたくないような事態になっているのだろう。

初秋亭の三人も総出で、交代しながら斎藤天眼の家を見張った。

ナマズに似た男が現われたのは、二日後のことだった。

夜になってやって来たのを、見張っていた仁左衛門と番太郎が見届け、初秋亭で待機していた藤村康四郎と長助に報せた。

「康四郎さん。来ましたよ。おやじさんも呼んできましょうか？」

「七福堂さん。馬鹿言っちゃいけません。おやじなんか、もはや足手まといになるばかりですよ」

藤村が聞いたら激怒するようなことを言って、康四郎と長助が駆けつけると、二人は家の外で話していたところだった。

「おう、生きてたのか」

と、斎藤天眼が言った。

「当たり前よ。あやうく死にそうになったが、おめえにだけ、甘い汁は吸わせられねえと思ったら、地獄の底から這い上がることができたぜ」

「だが、無駄足だったな。あれは、流されちまったみたいで、いくら捜しても出てきやしねえ」

「嘘をつけ。あんな重いものが流されるわけがねえ」

「おめえ、津波の凄さを知らねえのさ。それより、おめえはここらをあんまりうろうろしねえほうがいいぜ。人相書が出てるから、捕まるだろう。なんせ、おめえは、おれと違って、いろいろ悪事がばれちまってるからな」

「あの絵はてめえが貼ったんだろうが」

「だから、早いとこ、上方にでも逃げろってんだよ」

「てめえ、この野郎！」

取っ組み合いになった。

天眼も易者という座りっぱなしの商売にしては体力があるらしく、いい勝負になって、なかなか決着がつかない。

しばらく見ていたが、二人の息が荒くなったのを見届けて、

「それくらいにしとくんだな」

藤村康四郎が割って入った。長吉と、もう二人、奉行所の中間が御用提灯をかざしながら近づくと、

「あ、町方」

「だから、ここには近づかぬほうがよかったのさ」

斎藤天眼は、元相棒を罵った。

長吉が、まだ息を切らしている二人を、すばやく後ろ手に縛り上げた。

悔しそうにしている二人に、

「お宝はもう流されちまってるよ」

と、康四郎が言った。

「そんなわけはない。あれほど重いものが流されるものか。ここの瓦礫か土砂のなかに埋まっているはずだ」

天眼は憤然として言った。

「確かに重いよな。だが、おめえが大丸屋につくらせたお宝はなんだった？　七福神だろうが」

「それがなんでえ」

「七福神は宝船に乗ってんだろうが。あれをつくった金細工の職人は、ちゃんと水にも浮くように、船のかたちも工夫して、なかに空洞をつくっておいたんだとさ。あれを、重さだけで浮かないと思ったら、大間違いなのさ」

それは昼のうちに、康四郎が長丸屋のあるじに聞いてきた話だった。

「なんだって」

「だから、いまごろは大海原を旅しているんじゃねえのか」

康四郎がそう言うと、後ろ手に縛られたままのナマズそっくりの男が、

「あっはっは。そりゃあ面白え話だ」

と、大笑いした。

翌朝のことである。

江戸湾を、流された人の救助や遺体の引き上げのために巡回していたお船手組の船の上で、

「おい、あの光っているものはなんだ?」

と、声が上がった。

「船を寄せろ」

「あ、七福神ではないか」

朝日を浴びながら、七福神の乗った宝船が、ゆらゆらと波に揺られているではないか。まるで正月の正夢のような光景だった。

「それだ。町方のほうから報せが来ていたのは。なんでも長丸屋という豪商のところから盗まれたもので、江戸湾に流れて行ったかもしれないので、見つけ次第、北町奉行所に届け出て欲しいとのことだった」

「ほう」

「純金製だが、ちゃんと浮くようにつくってあったそうだ」

「たいしたもんだ。だが、こうして見ると、そのうち江戸にもいいことがやって来るような予感さえするではないか」

「まったくだ。災いのあとには、福が来ると思いたいな」

役人たちは、拾い上げる前につくづくと眺め、手を合わせる者すらいたほどだった。

第二話　怪力の家

一

「この家だがな、怪我人や病人のために使うことはできぬものかな」

と、夏木が言った。指差しているのは、捕縛された易者兼泥棒だった斎藤天眼の家である。初秋亭も早春工房も早くもほとんどいっぱいになっていて、手当だけして無理に崩れかけた家に帰している怪我人もいるくらいなのだ。

「おいらもそう思ってたんだよ」

藤村がうなずき、

「どうせあいつは、まだまだ余罪もあるだろうし、まあ二度と娑婆（しゃば）には出て来られっこないからね」

仁左衛門も言った。

天眼の家は大きな造りで、二階に八畳間が三つと六畳間が二つ、一階にも十畳間と十二畳間と女中部屋が二つもあり、内風呂までついている。さらに、敷地も広いので、仮小屋も何棟か建てられそうである。

「ただ、使い勝手もあるだろうから、虎山に訊いてみるか」

と、初秋亭にいる虎山を見に行くと、ちょうど診察中だった。

「たいしたことねえんですって、先生。元気で動けるんだから。あっしはいま、それどころじゃねえんですから。これからひと月くらいのあいだに、三十軒ほど家を建てなきゃならねえんだ」

大工らしき男がそう言って帰りたそうにするのを、

「でも、左腕がぱんぱんに腫れてるんですよ。先生、なんとしても診てやってください」

と、わきにいた女房が懇願した。

それでも男は、

「大丈夫だってえの。おれは、子どものときから、唾さえつけたら、傷なんざすぐに治ってたんだから。唾で駄目なら小便かけりゃあいいんだよ。てめえの小便、てめえの腕にかけちゃうよ。傷なんてえのは、そんなもんなんだから」

と、意地を張っている。

「馬鹿なことを言ってるんじゃない。どれ、見せてみろ」

虎山は隠している左腕を摑んで、袖をまくり上げると、

「ああ、これは駄目だ」

大げさに顔をしかめた。

「駄目っていいますと？」

「このままにしておくと、腕を切り落とす羽目になる。すぐに治療せねばいかん」

虎山の言葉に、

「ほおら、見な。お前さんがくだらない意地を張るからだよ」

と、女房は泣き出した。

大工もさすがに青くなっている。

「寒けはないか？」

虎山が腕を触りながら訊いた。

「ええ」

「風が気持ち悪いということもないな？」

「風が？　ありませんよ、そんなものは」

いまで言う破傷風を心配したのだ。

「うむ。熱もないな。ちょっとこっちに来い。膿を出して、傷口を焼酎で洗うから」

「へえ」

大工は素直に言うことを聞いた。

虎山は、男を陽の当たる庭先に連れて行き、小刀の先で傷口を突っつくと、膿がだらだらと垂れて流れた。茶碗一杯じゃきかないくらいの凄い量である。さらに、腕をねじったりこすったりして膿を搾り出し、傷口に焼酎をたらしてから、

「これはもう、晒なども巻かずに、このまま風と陽に当てておくことだ。そのほうが、傷も早く乾くし、治りも早い。二、三日のあいだは、ちゃんと滋養をつけて、おとなしくしてることだ。いいな」

と、虎山は叱りつけるように言った。経験上わかったことだが、傷はよほどひどくないものなら、晒で巻いたりするより、空気にさらしたほうが、治りが早いのである。

「わかりました」

男は女房に怒られながら帰って行った。

もう一人、待っていた患者がいて、

「先生。あっしはどうも疫病にかかったみたいなんです。それも重大な、いわゆる

死の病というやつに」

と、深刻そうな顔で言った。歳は二十三、四。身なりもよく、どこか大店の若旦那ふうである。

「それはまずいな。熱はあるのか？」

「あります。身体が燃えているのかと心配になるくらいです。しかも、ずっと地震があるみたいに身体も揺れますし」

「どれどれ」

虎山は額に手を当ててるが、

「なんだ。熱などないではないか」

「え？　ないですか？」

「身体が揺れるのは皆、いっしょだよ。しょっちゅう余震が起きているからな」

あれからずっと、日に五、六度は、軽い揺れが起きている。

「はあ」

「腹痛や下痢はどうだ？」

「それは幸いありません」

「食欲はどうだい？」

「食欲はふつうじゃないくらいあるんです。朝から飯を三杯もおかわりするなんて、異常ですよね？」

「あのな。食欲がある病気というのはないし、いまのところここらじゃ疫病も出ておらんよ。まあ、これだけの災害だから、気持ちが疲れてるのだろう。あんた、たしか、木曽屋の若旦那だったよな」

「ええ」

「木曽屋は家も無事だったではないか。まあ、ちっと、昼寝を多めにしてみることだな」

「そうですか」

若旦那は、なにか調子が外れたような顔で帰って行った。

とりあえず、患者が途切れたところで、

「まったく、患者というのは、やたらと病状を軽くみたがるか、深刻になりたがるかどっちかなんだよな。ま、どっちも根っこには不安があるからなんだけどな」

虎山は呆れたように言った。

「なるほどね。じつは、ここよりいい場所が見つかったんだがね。すぐそっちなんだが見に行かぬか？」

夏木が言った。

「ほう。行ってみようか」

四人で、天眼の家に向かうと、虎山は家のなかを一通り見て回り、

「ここはいいな。初秋亭も悪くはないが、あそこは階段が急で、年寄りにはかわいそうなのだ。ここなら傾斜がゆるやかだし、途中に踊り場もあるし、二階を男、一階を女と分けられるだろう。ここを養生所のようにしたらずいぶん大勢の住人を助けられるぞ。ほんとに使ってもかまわないのか?」

と、喜んだ。

「大丈夫です。いちおう息子には断わっておきますが、おいらたちのおかげで捕まえられた下手人だもの、あいつの上司も反対はできませんよ」

藤村がそう言って保証した。

「じゃあ、早速移って来よう」

むろん女手もいるので、早春工房からも夏木家の女中一人と、ほかに近所の女房二人がこっちを手伝うことになった。

そうしたことをてきぱきと指示する虎山を見ながら、

「おい、虎山の顔を見てみろ。ちっともつまらなそうではないぞ」

夏木が目配せして言った。

「まるで人が変わったみてえだわな」

藤村が呆れたように言った。

「医者はいいよなあ」

仁左衛門はしみじみとそう言い、さらに、

「命を救うというのは、やっぱりやりがいのある仕事なんだよ。ところが、こっちは愚痴ばっかり聞かされるんだ。やっともらった女房が波にさらわれちまった、やさしかった亭主が家の下敷きになった、家族はあたし一人になっちまった……なんで医者には愚痴らず、あっしらなんかに言うんだろうね」

不思議そうに首をかしげた。

「確かに医者には、痛いだの苦しいだのは言うが、悲しいとかつらいという話はしないかもしれぬな」

夏木はうなずいた。

「助けてもらうって気持ちがあるから、遠慮しちまうのかもしれねえな。でも、だとしたら、おいらたちも医者に負けず劣らず、必要とされてるってことだろうが」

藤村がそう言うと、

「ほんとだね」

仁左衛門は嬉しそうにうなずいた。

二

初秋亭にいた病人や怪我人は、あらかたいなくなった。ただ、金太は怪我のほうはよくなったが、帰る家がないので、引き取り先が見つかるまで、ここにいることになっている。それと、近くに住んでいた年寄り夫婦も、なんとか掘っ立て小屋でもいいから元の場所に家が建つまで、置いてやることにした。

とりあえず、三人が足を伸ばせる初秋亭にもどったのは嬉しい。

と、そこへ――。

「旦那方。もう一軒、避難所に使えそうな家があるんですよ。すぐ、そこなんですがね」

そう言ってきたのは、一昨日から虎山の弟子になりたいとやって来た庄吉という、三十くらいの男である。人柄も良さそうで、よく気もつき、こまめになんでもする。虎山も気に入って使ってはいるが、

「ただ、医者にはどうかな」

と、言っていた。

「なんで？」

藤村が訳を訊くと、

「あまり字が読めぬのさ。仮名はなんとか読むが、漢字がな。なにせ、生薬のほとんどは難しい漢字だし、医書も読むのは大変だしな」

「なるほどね」

「ま、しばらく修業はさせてみるが」

と、あまり期待はしていないようだった。

地震の前までは、日本橋の料亭で板前をしていたが、この災害を見て、俄然、人を助けられる医者になりたいと思ったのだそうだ。医者に免許はいらず、いちおう相応の学問や技を修めれば、誰でもなれるのである。

「すぐそこってどこだ？」

夏木がその庄吉に訊いた。

「福島橋を渡って左手のほうの北川町です。周りの家が皆、倒れているのに、あの家だけはびくともしてません」

「初秋亭だって倒れておらぬぞ」

「そりゃそうですが、こちらはなんというか、しなしなと揺れても倒れない酔った芸者みたいな感じでしょ」

「酔った芸者とな」

「あっちのは、太いクスノキみたいに、どーんとして、いかにもびくともしない感じなんです。といって、そんなに大きな家じゃねえんです。大きさでいったら、こちらの初秋亭と同じくらいです」

「ふうん。それがそんな頑丈な造りにしてあるんだ……？」

仁左衛門は、なんだか好敵手を見つけたような顔をした。

「住人はどうしたんだ？」

と、夏木が訊いた。

「できたばかりで、まもなく越して来ることになっていたらしいんです」

「まだ、来てないのか？」

「いや、どうも当人は、地震のときに急いで駆けつけて来た際に、手前で波に呑まれちまったみたいなんです」

「そうか」

「あれは使わなきゃ勿体ねえですよ」

「だが、家族がいるかもしれないだろうが」

「そうだよ。勝手には使えないよ」

と、仁左衛門も言った。

「調べられねえんですかい？」

と、庄吉は訊いた。

「番屋に届け出はなかったのか？」

「番屋の者は聞いていたと思うんですが、なんせあそこの番屋も波にさらわれちまいましてね。話を聞いたはずの町役人さんも……」

「そういうことか」

夏木は、藤村と仁左衛門を見た。

深川の八割方の家が駄目になったのだ。いま、避難所として使える家は、いくらあってもいいはずである。

三

「とりあえず、見に行ってみるか」

夏木が言った。

「ええ、ぜひ。あっしは案内したいところですが、虎山先生の手伝いもありますのでお供できません。でも、福島橋から左手を見たら、すぐにわかりますよ。あの家だけ、ポツンと残ってますから」

庄吉はそう言って、土手のところに干してあった薬草の乾き具合を見に行った。

夏木たち三人は、初秋亭を出た。

大川の岸には、近所の連中が大勢出ていて、岸に流れ着いている材木を次々に引き上げて乾かしている。あれで、仮住まいの掘っ立て小屋どころか、長屋だってつくってしまうのである。

「逞（たくま）しいもんだな」

夏木は感心して言ったが、

「いや。逞しい連中だけが見えてるんだよ。見えてねえところに、ぐうの音も出ねえくらい打ちひしがれた連中がいっぱいいるはずなんだ」

と、藤村が言った。

「なるほどな」

「まったく、この世ってところは、肝心なことのほうが見えてないんだよねえ」

仁左衛門がため息みたいに言った。

正源寺の前を通って福島橋のところに来てみると、

「あれだ」

「なるほど」

すぐにわかった。恐ろしく太い柱組みと、汚れてはいるが塗りたてとわかる白い壁が、廃墟のなかに、戦場の勇者みたいに立っている。

近づいて、見れば見るほど、頑丈につくられた家である。

柱も梁も、ふつうの家の倍以上の太さで、斜めの支えもあちこちに施してある。揺れで多少壁が崩れたところがあるが、骨組みはびくともしていない。津波で傷つけられたのも外壁だけである。

「こりゃあ、凄いよ」

仁左衛門も感心した。

「おい、屋根を見てみろ」

夏木が指差した。

「あれは銅板かい？」

藤村が不思議そうに訊いた。

「そうみたいだ」

「だったら火事にも強いわな」

「しかも、瓦葺き（かわらぶき）より、ずっと軽いはずだぞ。当然、揺れにも強いよな」

「だが、ふつうの家がこんな造りにするかね？」

「しないな」

夏木と藤村がしきりに感心していると、

「ほとんど小さなお城だよね、これは」

と、仁左衛門が言った。

「城？」

「なるほどなあ」

城という言葉が、藤村と夏木の好奇心を刺激したらしい。二人は、壁や柱をしきりに叩（たた）いたりし始めた。

「避難所がこんなに頑丈である必要はねえだろう」

藤村が言った。

「なんか、わけありかな。だが、ここらではこの建物だけが無傷なんだから、ぜひ使わせてもらいたいな」

夏木がそう言うと、

「ちっと向こうで訊いてくるよ」

仁左衛門は、大島町の角に見えている、半壊ほどで人が出入りしている建物のほうへ行ってしまった。

四

こちらは早春工房――。

初秋亭から来ていた怪我人や病人も、いまは天眼の家に移って行った。

とりあえず、元にもどった部屋のなかで、藤村加代はぼんやりしてしまった。

「どうしたの、加代さん？」

夏木家の女中を虎山のところに送り出してきた志乃が、そんな加代を見て訊いた。

「うん。早春工房だけど、なんとしてもつづけたいと思って……」

昨日のことだが、加代は木挽町に行ってみた。

七福堂の出店が気になっていた。あそこは両隣の店と棟つづきで、そう頑丈な建物ではなかったので、おそらく全壊していると思っていた。役宅を出て、掘割を中ノ橋で越え、南八丁堀河岸沿いに歩くと、被害のひどさに慄然となった。町人地の大半が、跡形もなかった。火事も出て、二町分ほどは丸焼けになっていた。津波は、対岸のほうがひどかったが、火事は出ていなかった。

　南側につづく大名屋敷は、ほとんど被害がわからなかった。壁の向こうでは倒れたり焼けたりしている建物もあるのかもしれないが、生い茂る樹木のおかげで、惨たらしさを感じさせることはなかった。やはり、武家地のほうが断然恵まれている。八丁堀の町方の役宅など、敷地はさほど広くはないが、それでも庭や通りに樹木が多い。それらがいかに家や人を守るのに役立ってくれたか。町人地はこうなると、町全体が薪のようになってしまうのだ。

　焦げた臭いと、不潔な臭いに袖口で鼻を押さえながら、虫利河岸を曲がって、東豊玉河岸の並びに入った。ここから木挽町の町並みで、一丁目から七丁目までつづいている。

　こちらは、ほとんどの建物が無事にかたちを保っていた。いくつか軒がひしゃいだりしているが、全壊しているところはほとんどない。芝居茶屋など、客を二階に上げるつくりなので、わりと頑丈につくってあったのだろう。

——もしかして……。

加代は期待を抱いた。無事であれば、復興のことが落ち着いたら、すぐに店を再開できるかもしれない。

小さな芝居小屋を過ぎた。さすがに小屋は開けていないが、役者らしい男が二人、のん気そうに立ち話をしていた。ここからもうすぐ……。

だが、手前まで来ると、加代はしゃがみ込みたくなった。

店はぺしゃんこにつぶれているのがわかった。両隣も同様で、屋根が通りに突き出すようにして、ぺしゃんこになっていた。

男が一人、壊れた戸のなかに手を差し込んでいた。

「なにしてるの！」

加代は大声を上げた。

男はぎくりとして立ち上がった。まだ、二十歳くらいの若い男だった。手に、この売り物の信玄袋(しんげん)を二つ摑(つか)んでいた。

「泥棒！」

加代はさらに言った。

「なに言ってんだよ。落ちてたから拾っただけだろうが」

「ふざけるんじゃない。盗人猛々しいね。お前みたいなやつを、火事場泥棒って言うんだ。盗人のなかでも最低のやつだ。人の不幸に付け入るやつだ！」

怒りにまかせて叫んだ。

「うるせえな。喚くんじゃねえよ、糞ばばあ」

男は信玄袋を加代に向かって投げつけると、踵を返し、走って逃げて行った。

「ちきしょう」

落ちた信玄袋を拾い、加代は流れて出てきた涙を手でぬぐった。泥棒のことより、建物が倒れ、こんなざまになったことを悲しんでいるのは、自分でもわかっていた。これを建て直し、店を再開するまでは容易ではない。果たしてできるのだろうか……

……。

味わった落胆と失望感は、今朝、志乃に話しておいた。

そのときは忙しがったこともあって、

「そうだったの」

と言っただけだったが、

「もちろんよ」

いま、志乃はそう言った。

「もちろん、あたしたちの商売はなんとしてもつづけるわよ」

「志乃さま……」

「あたしはね、加代さん、金儲けの面白さに目覚めたの」

「まあ」

「あんな面白いことがこの世にあるなんて、思ってもみなかった。商人の女将が活き活きしているとは感じていたけど、あれはこんなに面白い金儲けということをしているからなのね。旗本の妻が金儲けなんかしては駄目だと言われるなら、身分を偽っても、あるいは陰に回っても、あたしは早春工房をつづけるわよ」

「よかった」

加代はホッとした。

「それだけ？」

志乃は訊いた。

「え？」

「ほかにも悩みがあるんじゃないの？　そんな気がしてたけど？」

「気がつきました？」

じつは、志乃に相談したかったが、ためらっていた。それを感じ取ったのかもしれない。

「遠慮しないで話して」

「ありがとうございます。じつは、ちょうど地震があったときなのですが、藤村が血を吐いていたのです」

「血を……」

「肺病かと思ったんですが、あの人が咳なんかしているのは聞いたことないですし」

「だったら、胃の腑からね」

「そう思います」

「お医者には？」

「行ってないと思います。あのあと、何度か行くように言ったのですが、あれは舌を噛んだので、もう治ったって」

「嘘よ、それは」

「もちろん、わかってます」

「じゃあ、虎山さんに言って、診させましょう。おい、顔色が悪いぞとか、医者だったらどうにでも言えるんだから」

「あ、そうですね」

「虎山さんて、見かけによらず、かなり優秀なお医者みたいよ。でも、夏木はそのことを知っているのかしら？」

「ご存じないと思います。夏木さまにはいまのところ内緒にしておいてください。あたしから洩れたとわかったら、ぜったい怒ると思うので」

「わかった。そうだったの……」

「病だとしたら、夏木さまのように治ってくれるといいのですが」

「あのときは、寿庵さんといういい医者がいてくれたからね。でも、半分は夏木が自分で治したのよ。藤村さんだって、やれるわよ」

志乃は、加代の目を見ながら、強い口調で言った。

五

夏木と藤村は頑丈な家の前に並んで立ち、掘割の向こうを見ている。

「向こうは松代藩の下屋敷だぜ」

と、藤村は言った。

「そうだな」

夏木はうなずいた。

十万石の大名の下屋敷だけあって、相当な広さである。ざっと見て、五千坪ほどはあるはずである。松代藩はほかに外桜田に上屋敷があるし、麻布などにも屋敷を持っている。もちろん、ここがどういう使われ方をしているのかわからないが、深川の大名屋敷の多くがそうであるように、蔵屋敷に近いのではないか。じっさい、ここから蔵も二棟ほど見えている。樹木も多く、南側一帯はクスノキなどの大木も多い。

「ううむ」

「ふうむ」

二人は、なにやら思うところがあるらしく、しきりに唸っている。

と、そこへ、大島町のほうに行っていた仁左衛門がもどって来た。

「あっちの番屋の町役人に訊いたら、どうも、小柄な若い男が建て主だったみたいだと言ってたよ」

「小柄な男が、こんな頑丈な家をな」

「ますます奇妙だね、夏木さん」

「ああ、奇妙だな」

「もしかして、小柄な男ってのは、忍者だったかもしれねえな」

と、藤村がつぶやいた。

「忍者だと？」

「いるんだろ、夏木さん。いまでも」

藤村が訊いた。

「いることはいるだろうな」

なにせ、あまり表には出て来ない連中である。夏木のような、れっきとした旗本でさえ、よくわからない。もちろん、隠密仕事をする者はいる。夏木の知り合いにもいた。が、その男はどう見てもふつうの武士で、忍者という怪しげな感じはしなかった。

「だいたいが、松代藩というのがな」

と、藤村は声を低めて言った。

「そうなのさ」

「松代藩といったら真田家だよ」

「うむ」

「真田家ってえのは、昔からわけありの藩だろ？」

「大いにわけありだ」

「おれはずいぶん読んだもの。真田十勇士の話は」

「そうだな」

夏木も軍記物をいくつも読んだ覚えがある。

信州上田城主だった真田昌幸は、戦上手として知られ、神君家康公を大いに悩ませたものだった。さらには、大坂の役ではその倅の真田幸村の機略に悩まされ、圧倒的に優位なはずの戦が、家康公は一時、命からがら逃走するというみっともない場面すら呈したほどである。

「まあ、あれは大昔の話だが、松代藩の隣に須坂藩というのがあるのだ」

と、夏木は言った。

「ほう」

「隣り合っているが、須坂藩のほうは一万石と小さな領土に過ぎぬ。それが領土の境界のことで揉めて、恨んでいるらしい」

「領土争いというのは、こじれるらしいな」

「そうなのさ。だいたい、真田家というのは複雑で、いろいろ面倒を抱えている」

「跡を継いだ昌幸の長男の信之が、関ヶ原の合戦では徳川方につき、昌幸と幸村が西軍に回ったんだろう」

「そう。それで、幸村が率いた真田十勇士の子孫が、この須坂藩に肩入れしているというのさ」

旗本同士の茶飲み話で聞いたことである。

「本当か？」

藤村は、講釈でも聞いているみたいに目を光らせた。

「十勇士の子孫の話の真偽はわからぬ。だが、両藩のあいだの確執は本当らしい」

「ということは……？」

「これが須坂藩の持ち物だとすれば……」

「いざというときは、充分、出城として使えるわな」

「使えるねえ」

夏木も気分が乗ってきたらしい。得意の弓矢を構えて、松代藩邸の蔵のあたりをめがけて、ひゅっと放つ真似までした。

「さすがだね、夏木さん」

「やはり、こういうことになると血が騒ぐのだな」

「おいらもだよ」

ところが、二人のやりとりを聞いていた仁左衛門は、

「お二人には申し訳ないがね」

と、皮肉な笑みを浮かべて言った。

「なんだ、仁左。その顔は？」

夏木は憮然として訊いた。

「残念ながら、お二人の推測は外れだよ」

「なぜ、わかる？」

「その須坂藩とのごたごたについては、あっしは聞いていたんだよ」

「誰に？」

「あっしの幼なじみが、越後屋の三番番頭になっていてね、真田さまのところにも、それから須坂藩のほうにも出入りしてるんだよ」

「ほう」

「それで、三年前まではたしかに仲が悪かったんだけど、同じ歳の姫さま同士が親しくなったことで、領土の揉めごとも解決したらしいよ」

「そうだったのか」

「ということは、この建物は須坂藩となんの関係もなければ、城としてつかわれる

こともねえってわけか」

藤村はさっきまでの血沸き肉躍る思いは消え失せ、がっかりして言った。

「では、この建物はなんのためだ？」

夏木はまだ謎解きを諦めたくないらしい。

「もしかしたら、重いものを隠す場所かな」

藤村は首をかしげた。

「だが、これは蔵の造りではないぞ」

「うん。しかも、ぽつんと蔵だけ建てるのは変だしな」

「重いものというとなんだ？」

「おいらは千両箱を思い浮かべるがね」

「では、これは千両箱の隠し場所か」

たしかに、これくらい頑丈なら、二階に千両箱を積み上げても、びくともしないだろう。

「蔵に入れずにこういうところに隠す人間といえば……」

「泥棒か？　そういう大泥棒はおらぬか？」

「……」

藤村は記憶の糸を手繰った。

「残念ながら、いねえな。そんな、千両箱を何十箱も盗んで捕まっていねえ泥棒はどう考えても思い当たらないね」

「そうか」

「それより、夏木さん。埋蔵金伝説は聞いたことあるかい？」

夏木は、ぱしっと手を叩いて、

「ああ、ある」

「どんな話？」

「わしが聞いたのでは、武田信玄の隠し金だな」

「それはおいらも聞いた。なにせ信玄は大金持ちだったらしいからな」

「奥州藤原氏の金の話もあるな」

「あるある。それが、結城朝光に渡ったという話もあるね」

「うむ。それと、なんといっても大坂城から持ち出されたという太閤秀吉の財宝だろう。それは、途方もない量だったらしいな」

「へえ。それだったら凄いよな」

「そりゃあ凄い」

二人とも少年みたいに目が輝いている。埋蔵金という言葉は、どうしたって男の夢をかき立てるのだ。そういえば、四十年以上前にも、二人は海賊船の宝を大川の河口で探したことがあった。

「康四郎がなにか知っているかもな」

三人は、とりあえず初秋亭にもどることにした。

六

日暮れ近くなって——。

康四郎と相棒の長助が回ってきた。今日もずいぶん歩き回ったらしく、着物の裾が埃にまみれている。

声を聞きつけて、

「よう、康四郎。訊きたいことがある」

藤村が顔を出した。

「なんでしょうか？」

「二階が抜けるくらいの千両箱が盗まれたという話はねえよな？」

「そんな話、聞いてませんよ」

「一度にでなくてもいい、盗人が貯め込んだ千両箱でもいいんだ」

「見つけたんですか？」

「いや、千両箱は見つけちゃいねえ。入れ物になりそうな、頑丈な家があるんだ」

「なんですか、それは？」

「家の件はとりあえずいいから、どうだ、千両箱のほうは？」

「いやあ、何千両も貯め込んでいる盗人なんて、聞いたことないですよ。そもそも盗人は、貯め込まないでしょう」

康四郎は呆れたように言った。

「そうか、なるほどな」

藤村は納得した。なるほど、千両箱を盗んだ泥棒は、それを貯め込むより、捕まる前に、思い切り遊んで使っちまおうと考えるだろう。

「それとな。お前、埋蔵金が見つかったとかいう話は聞いてねえか？」

「埋蔵金？　そんなもの、どこにあるんですか？」

「そんなことはしらねえよ。だが、武田の軍資金だの、太閤の隠し金だの、いろいろ話はあるだろうよ」

「いやあ、そんな馬鹿々々しい話聞いてませんね」

康四郎は、薄笑いを浮かべながら行ってしまった。

永代橋のほうに歩きながら、

「まったく、うちのおやじも大丈夫かな」

藤村康四郎は苦笑して言った。

「なにがだい？」

長助が訊いた。

「千両箱を積み上げるほどの大泥棒だの、太閤の隠し金だの、寄席の講釈じゃあるまいし、馬鹿げた話だろうよ。本気にするほうがおかしいぞ。今度の地震で、ちっとおかしくなったのかもな」

「わかんないぜ、康さん。あの旦那たちは、考えられねえようなこともずいぶん証明してきたんだから」

「いやいや、おふくろがおやじのことをやけに心配しているみたいなんだよ。なんでなのかは、おいらには詳しくは言わないんだが、ここんとこ、ちっと言動がおかしくなってるのかもしれないな」

康四郎は弱ったもんだというように、初秋亭のほうを振り向いて言った。

七

翌日――。

「どうです？　あの家はご覧になりました？」

虎山のところにいる庄吉がやって来た。

「ああ、見た。あれほど頑丈な造りの家は見たことがない」

と、夏木が答えた。

「そうでしょう」

「まだ、持ち主のことはわからんが、仁左衛門が聞いたところでは、家主は小柄な若い男だったらしいぞ」

「へえ。小柄な男が、あんな頑丈な家を？」

「おかしいよな。それで、わしらもいろいろ考えたのだが、どうもぴんと来ぬ。もう少し待ってくれ」

「わかりました」

と、庄吉はもどって行った。今日も大勢の患者が押し寄せているが、あの家はまだまだ患者を収容できるらしい。

庄吉を見送って、

「やっぱり、夏木さまも藤村さんも、あっしからしたら武士の目だよね」

仁左衛門は嬉しそうに言った。

「武士の目？」

夏木が怪訝そうにした。

「そう。あっしなら、あの建物で儲けることを考えるよ。あれで、どういう儲け方をするつもりだったのかって」

「たとえば？」

「いや、それはまだわからないけど、もういっぺん見て来るよ」

仁左衛門は一人で北川町の家を見に行った。

ついでに足を延ばし、黒江町のようすも見てみた。入江かな女と出会うかもしれない。亡くなったにせよ、生きているにせよ、なにかしら自分のなかで決着をつけたい気がしてきている。それにはもう一度、話をしなくちゃならない。だが、黒江町のあたりは復興が遅れていて、ひとけも少なかった。

北川町の頑丈な家にもどって、閉じてある窓の隙間からなかを見たりしていると、

「まったく、亡くなったなんてがっかりですよ」

と、声がした。

振り向くと、野菜を入れたカゴを背負った若い男だった。

仁左衛門に言ったのか、単なる独り言だったのか。

「この家のあるじを知ってるのかい？」

と、仁左衛門は訊いた。

「知り合ったばかりでしたがね」

「どういう人だったんだい？」

「名前は玉次(たまじ)さんていいましたかね。あっしは棒手振りも兼ねた佐賀町(さがちょう)の八百屋なんだけど、野菜を入れてもらおうと思っていたんですよ」

「野菜を？」

「ここ、料亭になるはずだったんですよ」

「料亭なのかい、これが？」

こんな頑丈な料亭など、なんの役に立つのか。だが、この二階から見る景色は、掘割や堀端の柳の木も見えれば、向こうの松代藩邸の緑が借景になって、そう悪く

はない。

「ええ」

「でも、ものすごく頑丈な建物だぞ」

「そうなんですね。あっしは、建物のことは気にしなかったけど、あの地震でもびくともしてねえんだから、たいしたもんですよね」

「じゃあ、建物のことはなにも言ってなかったのかい？」

「ええ。聞いてませんね」

「玉次ってのは、どういう人だったんだい？」

「いやあ、なんだか面白い人でしたよ」

「面白い？」

「だって、板前なのに、おれは腕が悪いんだとも言ってました」

「板前で、腕が悪い？」

「そんなこと言いませんよね？」

「どういうこと？」

「どういうんですかね。それで、あっしも、だったら、料亭なんか建てたって、流行らねえでしょうと訊いたんですよ。そしたら、それを流行らせるのが知恵ってものなんだと、自慢げに言ってましたよ」

「ほう。知恵ねえ」

もう一度、この頑丈な建物を見た。すると、腕の悪い、小柄な板前の夢が、二階のあたりに漂っているような気がした。

仁左衛門は初秋亭にもどって、八百屋から聞いた話を伝え、

「面白い話だろ」

「面白いことは面白いが……」

「料亭か、あれが？」

三人は考え込んだ。

なんだか、こっちの知恵を試されているような気分である。

「もしかして……」

と、仁左衛門が言った。

「なにか閃（ひらめ）いたのか？」

夏木が目を瞠（みは）って訊いた。

「まあね」

「ううっ」

藤村が悔しそうに唸った。

そんな二人の顔を見て、仁左衛門は言った。

「これは、武士にはなかなか解けない謎かもね。まずは、〈平清〉に行ってみようじゃないの」

「平清だと？」

深川、いや江戸でも屈指の有名な料亭である。

「うん。あそこに行けばわかる気がするよ」

八

三人で平清に向かった。

「平清の板前なのか？」

歩きながら、藤村が訊いた。

「たぶんね」

「たぶん？　深川に料亭は多いぞ。なんで、平清とわかる？」

「でも、ふつう、自分に才能がないなんて、板前は思わないよ。そう思ったということは、やっぱり一流の料理と一流の板前を知ったからだと思うんだ。深川でいちばんの料亭と言うと、まあ異論はあるかもしれないけど、平清は外せないよね」

「なるほど」

「それから、もう一つ、平清が関係していると思うことがあるのさ」

「なんだ？」

「まあ、それは平清のあるじにでも訊いてからだよ」

「勿体ぶったな」

永代寺の門前にやって来た。

平清は、寺の真ん前にある。

玄関前には、大きな石燈籠があり、周囲は建仁寺垣や斜め格子など、見た目の違う竹垣で囲まれ、いかにも瀟洒な感じがする。最初のあるじ平野屋清兵衛を略した呼び名が、そのまま店の名前になってつづいている。

多くの文人たちが通い、錦絵などにも描かれている。とくに蜀山人こと大田南畝がこの店を愛した。

藤村は以前、木場の豪商からここでご馳走になったことがある。そのときは、面倒な頼まれごとをして、やっぱりこういうところでご馳走になるものではないと思ったものだった。

昼前で、まだ店は開いていない。が、おそらく板前たちは仕込みにかかっているだろうし、女中たちも掃除などを始めている。

「やっぱり、ここは夏木さまに呼んでもらったほうが」

と、仁左衛門はここに来て、ちょっと臆(おく)したように言った。

「わしはここには来たことがないぞ」

「それでも貫禄(かんろく)というものが」

「なんだな」

と、夏木は呆(あき)れた顔をしたが、堂々と玄関から入り、近くにいた女中に、

「ちと、あるじに訊きたいことがあるのだ」

「どちらさまで？」

「夏木と申す」

女中は黙ってうなずき、奥に下がって行った。訊いてもいいはずの、「どちらの夏木さま？」とも訊かなかった。

「ほおら、やっぱり貫禄がものを言う」

と、仁左衛門が言った。

しばらくして、

「なんでございましょう」

六十くらいの、にこやかなあるじである。

夏木が仁左衛門に、「お前が訊け」と言うように顎をしゃくった。

「ちと訊きたいんですがね、北川町に新しく建てられた家のことなんですよ」

仁左衛門はそう切り出した。

「ああ、はいはい」

「あれは、ここのものですかい？」

「うちのものというわけじゃないんですよ。あれは、うちの板前だった玉次ってのが建てたんです」

「玉次さんは亡くなったみたいですよ」

「ええ。聞きました」

それはもう知っていたらしい。

「じゃあ、あの建物は？」

「どういうことになるのか、いまは様子見なんです。あの建物の代金は、玉次がこつこつ貯めた金で三割、あと、うちで出した分が七割になってるんです。だから、玉次の縁者が出てきたら、その三割分については相談しなくちゃなりません。それで、しばらくは様子見になるだろうと思います」

「なるほど」

と、三人はうなずき、

「それで、あの建物ってのは、やっぱり相撲取りのためなのですかい？」

仁左衛門はさらに訊いた。

「そうなんですよ」

と、平清のあるじはうなずいた。

「なるほど、相撲取りか」

藤村がつぶやいた。

「平清さんなら、相撲取りもずいぶん客で来ていたんでしょうね？」

「まあ、深川八幡で興行があるときなどはとくに」

「いいお客だったのですかい？」

「それがちと」

あるじは眉を曇らせた。

自分から言いそうにないので、

「相撲取りというのは、酔うと暴れる人もいるらしいですね？」

と、仁左衛門は水を向けた。

「そうなんですよ。場所中などはとくに、取り組みを再現したりしますからね。一度、床が抜けたことがあります」

「床が」

「一階でよかったですよ。二階でやられていたら、下手したら下のお客さんがとんでもないことになりましたよ」

「なるほど。それで、玉次はそこに目をつけたわけですね」

「ええ。玉次はうちに修業に来て、すでに十七年になっていました。早い者なら、もううちを出て、自分の店をやっています。でも、あいつは……」

あるじは言葉を濁した。

仁左衛門はすかさず、

「自分でも腕が悪いと言っていたらしいですね」

「そうなんですよ。板前というのは、やっぱり才能がものを言うんですな。優れた舌、それは生まれつきのもので、それがないと駄目なんです。あいつは残念だけど、才能もないし、舌も優れてはいなかった」

「ははあ」

かわいそうな話である。

「そのかわり、あいつは、頭はよかったのです」

「頭がね」

「ええ。目端が利いて、誰も思いつかないようなことを思いついた。それで、去年、玉次は店を持たしてくれと言い出したのです。それも、いままでにないような店をやりたいと言うのです」

「それがあれですね」

「ええ。うちの店は、相撲に縁の深い深川八幡が近いこともあって、力士がしばしば訪れるんです。もちろん、力士は自分で払うわけじゃない。面倒を見ているお大名だの、いわゆる谷町筋というやつが払います。ところがさっきも言ったように、力士ってえのは困ったもんでね。酒が入ってくると、しょっちゅうあのときの取り組みはここが悪かっただの、あの投げが決まらなかったのは、こういうわけだのと、しまいには立ち上がって、相撲を始めるんです。それで、力士の客があるときは、ほかの客を断わったり、あるいは力士の予約を断わったりするときも多かったのです」

「ははあ」

「あいつは、力士の客を自分がやる料亭に回してくれと言ったんです。だが、力士はうまいものを食べつけているので、舌が肥えている。お前の料理じゃ満足しないだろうと言いますと、そのときはうちの出店ってことにして、板前もいっしょに来てもらうことにするというんです。玉次は、割り前をもらえればいいと」

「ははあ」

「あの人たちの飲む量、食う量は半端じゃない。しかも、芸者衆も呼んで、かならず派手な宴会になりますから、上がりも大きいんです。あたしも、断わらずに済むなら、ぜんぶ引き受けたいくらいでした。それがあいつのやろうとしていた料亭では引き受けられるわけです」

「なるほどねえ」

「だが、力士も、そうしょっちゅう来るわけじゃない。それだけではやっていけないだろうと言うと、世のなかにはたいした味じゃなくても、とにかく量を食いたいやつはいっぱいいるんだと。あっしはそういう料理を出すんですと言いました。そういう客は、たいがい身体も肥えてるから、ふつうの料理屋じゃ嫌がられるので、それをうちで引き受けます。うちの出店じゃない日は、そっちで儲けられますとね」

「ほう」

「また、この界隈(かいわい)にはなったけれど、番付の上のほうにはいけずに、廃業してしまった元相撲取りも多いんですよ」

「たしかに」

仁左衛門がそう言うと、夏木と藤村もうなずいた。いかにもそれらしい男は、永代橋の周囲でよく見かけるのだ。

「あたしは感心しました。そのために、とにかく力士が何十人入っても、二階で相撲を取られても、びくともしない店をつくりますからと」

「はいはい」

「考えようによっちゃ、腕の悪い板前でも料理屋がやれるわけです」

「……………」

それはちょっとひどい。

「いや、もちろん、ふつうの人からしたら、充分にうまい料理をつくるんですよ。ただ、残念ながら、うちの基準には微妙に達していないというだけでね」

「そういうことだな」

藤村はうなずいた。

じっさい、そうなのである。藤村は以前、ここで有名な鯛の潮汁というのを食べているが、もちろんうまかったけれど、なんで騒がれるほど有名なのかは、さっぱりわからなかった。あれは、自分の味覚が未熟だったからなのだ。

「あの店はたぶん流行ったでしょうね」

平清のあるじは、残念そうな口調で言った。

と、そこへ――。

夏木たちの後ろにぎょっとするような巨体の男が立った。どう見ても相撲取りである。

「やあ、関取」

平清のあるじが声をかけた。

「玉次さんが死んじまったって聞いてな」

相撲取りは沈鬱な表情で言った。

「そう。いま、ちょうどその話をしていたところなんですよ」

平清のあるじはそう言って、相撲取りを仁左衛門たちに紹介した。

「今度、前頭に入った信州獅子関です。じつは、玉次の料亭で、昇進祝いをすることになっていたんです。同じ部屋の力士はもちろん、信州獅子関を抱えてくれている松代藩の人たちも、大勢、お見えになるはずだったんですがね」

「松代藩のお抱え力士でしたか」

と、仁左衛門はうなずいた。

「じつは、わしも玉次さんも、出身が松代藩でしてね」

信州獅子が言った。

「そうなので」

「わしは最初、藩の特産物を運ぶので、江戸に出て来たんですよ。それで、たまたま玉次さんと話すようになったんですがね」

信州獅子はそこで、懐かしむような、ほっこりした顔になった。

「同郷の人はいいもんだからね」

と、仁左衛門は言った。

仁左衛門も、もちろん夏木も藤村も生粋の江戸育ちである。それでも、田舎から出てきた者の心細さというのは想像できるし、同郷の者同士の友情も理解できる。初秋亭の友情だって、それと似通ったところはあるはずなのだ。

「そうなんですよ。それで、いろいろ話すうちにわかったんですが、玉次さんは身体がちっちゃいんで、子どものころから悔しい思いをずいぶんしたらしいんですよ。

苛(いじ)められたり、馬鹿にされたりしてね。でも、逆にわしは、身体がでか過ぎるつらさを味わってましてね」

「でか過ぎるつらさかあ……」

「子どものころから、どれだけ、ごくつぶしだの、大男総身に知恵が回りかねだの、うどの大木だのと言われてきたか。小さいのもつらいだろうけど、でか過ぎて厄介者扱いされるのもつらいんですぜと、そう言ったら、玉次さんは、喜びましてね。同じ松代出身で、悩みを抱えた者同士ってことが嬉(うれ)しかったんでしょうね。それで、力士になってみたらどうかって、勧めてくれたのも玉次さんだったんですよ」

「そうなんだ」

「うちの店に、関取がよく来るから紹介してやるって。それがきっかけでいまの部屋に入り、まあ、おかげさまで順調に前頭まで昇ってこれたってわけで」

　信州獅子の目から涙が滴り落ちている。巨体の男の涙というのは、岩から染み出る清水のようで、積年の悲しみを感じさせる。その涙をぬぐって、さらに言った。

「玉次さんもようやく自分の店が持てるというところでね。わしも、いっぱい助けてやりたかった。それなのに、まったく地震の野郎ときたら……、踏みつぶせるものなら、踏みつぶしてやりたいですよ」

九

「……というわけなのさ」

仁左衛門たちは、平清でわかった話を、庄吉に伝えた。

庄吉も神妙な顔で聞き終えて、

「そうですか。なるほど。相撲取りと、肥った人たち相手の料亭ねえ。その玉次さんも面白いことを考えたんですね」

「質より量という、そういう料亭もあってもいいよな。まあ、それでもできるだけうまくするんだろうが」

と、夏木が言った。

「いや、じっさい、微妙な味までわかる人なんて、そんなにはいませんよ。だから、そういう商売はやれると思います」

「あんたもそう思うか」

「思います。でも、それだったら、あそこを避難所に使うのは難しいかもしれませんね」

「様子見ということだからな。平清も七割ほど金を出しているので、あそこも使うかもしれないしね」

「わかりました」

庄吉は、その件は諦めることにしたらしい。

「まあ、避難所は、あの天眼の家の庭に建てようと思ったら、まだ二棟くらいは建てられるだろうし」

「虎山先生もそうおっしゃってました」

「わしは、二棟も建てる前に、だいぶ復興できると踏んでいるがな。なにせ、もともと安普請の家が多かったから、建て直すのはそう難しくはあるまいさ」

「そうかもしれません」

「それより、親戚なんかが名乗り出て来なかった場合なんだがな。おいら思ったんだが、庄吉。おめえがやってみたらどうだ？」

と、藤村が言った。

「あっしが？」

「だって板前なんだろ？」

「そうなんです」

庄吉は恥ずかしそうに苦笑いした。

「もしかして、腕に自信がねえんじゃねえのか？」

藤村は、視線を庄吉から外して訊いた。

「自信……？」

「だから、医者になりてえなんて思ったんだろう？」

庄吉は、しばし考えていたが、

「言われて気づきました。たぶん、そうだったんですね。あるじからは、おめえもそろそろ、自分の店を持てばいいと言われていたんですが、ぐずぐずしてたのも内心、自信がなかったからなんですね。そうか。急に、医者になりたいなんて思ったのも、たぶん板前に自信がなくなっていたんですね」

「だったら、渡りに舟だ。玉次ってやつの願いを叶えてやりゃあいい。おいらたちが、平清と話をつけてやってもかまわねえぜ。どうしても、医者になって命を救いたいというなら別だがな」

「いや。ちょっとだけですが、虎山先生のお手伝いをして、命を救うなんてのは、高望みだと痛感してますよ。たしかに腹を満たしてやって、幸せな気持ちにさせるというのも、こういうときはなおさら必要かもしれませんね」

「そうだよ」

「わかりました。考えてみます」

と、庄吉は明るい顔で言ったのだった。

第三話　秘密の骨

一

秋晴れの日がつづいている。

朝から晩まで爽やかな風が吹き渡り、津波に襲われた町がすっかり乾ききったようにも見える。初秋亭の濡れた畳も毎日、陽に当てて、叩いては乾拭きするというのを繰り返していると、まだまだ使えそうな気がしてくる。とくに嫌な臭いもしていない。だいたいが、いま畳屋に頼んでも、いつ来てくれるかはまったくわからないのだ。

三人は今日も畳を外に干し、家のあちこちを磨いている。

「骨董道楽では、磨くのも楽しいらしいが、こうして家を磨くのも悪くないな」

と、夏木が言うと、

「そうだね。床なんか、ほら、磨けば磨くほど、とろとろしてきて」

仁左衛門はうっとりと成果を確認する。

「ほんとだ。これは顔が映るかもしれねえな」

藤村が、光の方向に合わせて顔を動かしていると、

「ごめんください」

客がやって来た。

歳は四十半ばほどか。小柄だが、身なりはすっきりとして、おそらくどこか大店のあるじなのだろう。

「わたし、佐賀町のほうで穀物問屋をしています〈富士屋〉の俵右衛門と申しますが、こちらの初秋亭の方々が面倒なことを解決してくださるとお聞きしまして」

「そうは言っても、なんでも期待通りにいくとは限りませんよ」

仁左衛門が言った。

「それはもちろんでしょうとも。じつは、おきぬといううちの娘なんですが、半年ほど歩けなくなっていたのが、あの地震のとき、突然、歩けるようになりまして」

「よかったじゃないの」

「まあ、それはそうなのですが」

富士屋俵右衛門は、顔を曇らせた。もう少し事情があるらしい。

「それで？」

「そのとき、皆が揺れに怯えて身をすくませているとき、おきぬは凄い勢いで家から飛び出して行ったのです。それまで歩けなかったのが、嘘のようでした」

「へえ」

「どこに行ったのかと、あたしも外に出て、あたりを見回したのですが、なにせ気は動転しているし、周りじゅうがゆさゆさと揺れているしで、どこに行ったのかわかりませんでした。それで地震がおさまり、しばらくして、おきぬはもどって来たのです」

「だって、あのあと、津波が来ただろうが」

　と、藤村が言った。

　ただ、すぐに津波が来たような気がしているが、じっさいは四半刻近いあいだはあったらしいのだ。

「ええ。津波が来る前にはもどって来てました。それで、お前、歩けるようになったのかい？　と、あたしが喜んで訊いても、沈み込んで答えないんです」

「ほう」

「以来、毎日、親の目を盗むようにしてどこかに行き、もどって来るのですが、いったいなにをしているのか、心配でたまりません」

「誰かに跡をつけさせたりはしておらぬのか？」

　夏木が訊いた。

「手代や小僧に跡をつけさせたりもしましたが、後ろを気にしながら行くので、見つかって、おきぬに怒られるだけだそうです。それに、遠くへ行くわけでなく、どうやら単に近辺をぐるっと歩くだけみたいなのです。ただ、それにしたって、おかしなふるまいだと思うのですよ」

「まあ、素人が跡をつけても、わからないかもな」

　と、藤村が言った。

「よく、狐が憑くと、とんでもない力を発揮すると聞きますし、おきぬもそれなのかと思ったり……」

「いや、われらも変わったできごとをずいぶん調べたが、狐憑きは見たことがない。あれはおそらく迷信だと思うぞ」

　夏木が苦笑して言った。

「そうですか。でも心配なので、おきぬがいったいなにをしているのか、お調べいただけないでしょうか？」

「それはかまわぬよ」

夏木がうなずいて、

「だが、歩けなくなっていたというのは、病気かなにかでか？」

と、訊いた。

「それもわからないんです。ほんとに急に歩けないと言い出して、家から出なくなっていたんです」

「いくつなのだ、おきぬは？」

「十三です」

「とりあえず、おいらたちも跡をつけてみるが、おきぬはいつごろ出かけるんだい？」

藤村が訊いた。

「だいたい昼前に一度、夕方にも一度出て行きます」

「じゃあ、そろそろだな。富士屋さん、先にもどってくれ。おいらたちもすぐ、後を追いかけるよ」

「わかりました」

富士屋を送り出して、

「十三というのは難しい歳ごろだな」

夏木が言った。

「ませてるのと、晩生なのと、だいぶ違うからね」

仁左衛門が言った。

「そうだな。ま、ここは仁左の活躍のしどころだな」

「なんで、あっしなんだい？」

「お前、おさとを口説いたのは、まだ十三、四のころだったんじゃないか」

「また、そういう人聞きの悪いことを。すでに十七にはなってましたよ」

「そうだったかな。あっはっは」

夏木が愉快そうに笑った。

二

藤村加代は、朝から富沢虎山の診療所で忙しく働いていた。

患者は次々にやって来ている。怪我人は徐々に減りつつあるが、かかりつけの医者が地震や津波で亡くなってしまい、虎山が診てくれるというのを聞いてやって来た患者も多い。どうも、この深川だけでも、四人ほどの医者が亡くなっているらしい。

加代は、初めて来たという患者を受け持って、ざっと症状を訊いてから紙に書き留め、待っているあいだに、お茶を飲んでもらっている。

お茶は三種類あって、怪我をしている患者には、ドクダミ茶、風邪らしき患者にはショウガ茶、胃や腹の痛みがある患者には、クマザサの茶を飲ませて、順番待ちをさせている。時間が長引くようなら、おかわりも勧める。

昨日は、ドクダミとクマザサを採取するのに、夏木家の女中二人といっしょに、砂村新田（すなむらしんでん）のあたりまで足を伸ばした。カゴ一杯に採取したそれらは、建物の裏手で陰干しにしてある。ドクダミは、本来なら花のさいている時季に採取したほうがいいらしいが、虎山が飲まないよりははるかにましだというので、採ってきたのだった。

患者には、薬のほかに、これらの茶を持って行かせたりもする。だいたい、虎山が持っていた薬も底をつき、薬種屋に買いに行っても、たいがいは売り切れになっている。いまや、これらの薬草茶は、虎山の治療に欠かせないものだし、じっさい、クマザサ茶などは身体全体の調子を整えるというので、加代や志乃まで愛飲するほどだった。

昼過ぎになって、ようやく患者の来所が途絶えたので、加代は虎山に昼飯のあぶらげ入りのうどんを運んだとき、

「ご相談したいことがあるのですが」

と、声をかけた。

「あんたは、藤村さんのご新造さんでしたな」

「ええ。加代といいます」

「なんだな。藤村さんが酔うと暴れるのかい？」

虎山は笑いながら訊いた。

「そんなんじゃなくて。じつは、藤村が血を吐いたのです」

「血を……いつのことだな？」

虎山が医者の顔になった。

「このあいだの地震のときです。血を吐いたので、驚いて駆け寄ったとき、ちょうどあの地震がきたのです。それで、とりあえずは逃げたりするのに精一杯で。あの人もたいしたことはないなんて言うものですから。でも、やっぱり心配でして」

「そりゃあ心配だ」

「魚の骨が刺さったんだとか言ったりもして」

「魚の骨が刺さったって、血など吐かんよ」

「ただ、あたしが虎山先生に話したと知ったら、たぶん怒ると思うんです」

「なあに、怒りはしないさ。ああいう人は、むしろ、心のどこかであんたに言ってもらいたかったりするのさ」

「そうでしょうか。でも、虎山先生のほうから、さりげなく顔色が悪いとか言って、なんとか診察していただけないでしょうか？」

「それはもちろんかまわぬが。だが、藤村さんは、見たところは元気そうだがな。まだまだ、悪人の二、三人は叩っ斬りそうだぞ」

「そうですが、よく見ると、ちょっと痩（や）せたような気がします」

加代は、今朝も、朝飯を食べている藤村を見て、ちらりとそう思ったのである。それがあったから、こうして虎山に打ち明けたのだった。

「空咳（からせき）などはしておらぬよな？」

「咳は訊いたことありません」

「食欲は？」

「そんなに変わっていないと思います」

「夜、眠れていないなどは？」

「ないと思います」

「そうか。わかった。なんとかうまいこと言って、診察してみるよ」

「ありがとうございます」

加代は深々と頭を下げたが、心配もさらに深まった気がした。

三

藤村と仁左衛門が、深川佐賀町の富士屋に向かっている。まずは、二人でおきぬの跡をつけてみることにしたのだ。

夏木も、すでにふつうの人と同じくらいの速さで歩けるが、中風の名残りですこし足を引きずる。跡をつけるとき、目立ってしまうかもしれないことを、夏木が心配した。

佐賀町に来て、町のようすを眺めると——。

つぶれずに残った家は、ほとんど被害がわからないが、つぶれたり流されたりした家々は、どうやら筋状に被害が出たらしい。それは、津波の通り具合のせいだったのか、それとも地盤の関係なのかはよくわからない。

富士屋は間口が十間以上ある、堂々たる大店(おおだな)である。俵右衛門は、店先で待っていた。

「店は、ほとんど被害がなかったんだね?」

藤村が言った。

「おかげさまで、二棟の蔵も、片方の蔵とつづいている母屋も、何枚か瓦(かわら)が落ちたくらいで、ほとんど無事でした。商売物の穀物も、元々湿気を避けるのに、蔵を高床みたいにつくってあったので、水をかぶることはありませんでした」

「そりゃあ、備えがあったんで、憂いもなかったわけだ」

無事だったため、いまは逆に繁盛しているらしく、店はたいそう混雑している。家や蔵に被害を受けた同業者も多いので、その分、富士屋が販路を広げたらしい。

「でも、焼け太りなどと陰口を叩(たた)かれています」

俵右衛門が顔をしかめると、

「まあ、世のなかのやつらは、勝手なことを言うからね」

仁左衛門が理解を示した。

「あ、おきぬです」

店の横から娘が現われ、なにも言わずにさあっと外の通りに出て行った。

「うん。じゃあ、つけてみるよ」

藤村と仁左衛門は、おきぬを追って歩き出した。

上背もあって、見た目には十四、五に見えるが、袂（たもと）をぱたぱたさせたりして、歩き方はどことなく子どもっぽい。

しばらく歩くと、すぐに右に曲がった。ちらりとこっちを見たが、警戒するようすはない。まさかこんな初老の武士と町人が、自分の跡をつけているなんてことは、考えてもみないのだ。

おきぬは、遠くまで行くわけではなかった。もう一度、右に曲がって、地面が削れたようになっているところに来ると、立ち止まった。建物があって、流された跡だろう。おきぬはじいっと、地面を見ている。それからふたたび歩き出すと、なにもないところでもう一度立ち止まって、今度は拝むように手を合わせた。それから富士屋にもどって、店のわきから奥のほうへ上がって行ってしまった。

「これで終わりかい？」

仁左衛門は首をかしげて言った。

「そうみたいだな」

「なんかやったかい？」

「あっしは、誰かと文でも交換するかと思ったんだがね」

「おさととしたみたいにか？」

「また、そういうことを」

「怒るな、怒るな。だが、確かに誰かと目を合わしたりすることもなかったな」

俵右衛門が待っていた。

「どうでした？」

「うん。立ち止まったのが二か所だったよ。とくにおかしなことをしたようには見えなかったけどねえ」

仁左衛門が答えた。

「男が待っていたとかは？」

「いやあ、そんなやつはいなかったよ」

もっとも、一度だけではわからない。

「男がらみでなければ、一安心なのですが」

「おきぬちゃんは、いつも二階にいるのかい？」

「ええ。ちょうど、この真上の部屋になります」

「だが、歩かなかったら、厠（かわや）とか困っただろうに」

「家のなかでは、歩けていたんです」

「まったく歩けなかったんじゃねえんだ」

「ええ」

「そこは大事なところだぜ」

「ふだんは二階にいますが、ご飯のときや厠の用のときは、自分で上り下りもしていましたし。でも、外へは一歩も出られなかったのです」

「なるほどな。ところで、おきぬは実の子だよな？」

　と、藤村が訊（き）いた。

「ええ」

「兄弟は？」

「歳の離れた兄が二人です」

「しばらく親元を離れていたとかは？」

「とんでもない。末っ子の、しかも一人だけの娘ですから、片時もどこかにやるなんてことはなかったです」

　親の情愛に恵まれないと、ひねこびたりする場合もあるが、それには当て嵌（は）まらないらしい。

「なにか、嫌な縁談でも押しつけたりしたんじゃないのか？」

「とんでもない。まだ、そんなことは早過ぎます」

「男のことでいままでになにか？」

「女房にも訊いたのですが、ないと言ってました。あれは見た目には二つ三つ上に見られますが、気持ちは晩生でしてね」

「ちょっと性根に変わったところは？」

「それはありますね。じつは、去年亡くなったあたしの母親というのが、相当な変わりものでした。絵を描いたり、歌を詠んだりすることが大好きで、商売というのは馬鹿にしていまして、あたしなんか、お前みたいに金儲けなんかに汲々とするのは、気持ちが貧しいんだとか言われていたくらいでしてね」

「ほう」

「おきぬは絵を描くのも好きだったりするので、あの母親に似たのでしょうね。困ったものですが」

「ふうむ」

とりあえず、午後も跡をつけてみることとした。

四

夏木が一人で初秋亭にいると、

「よう。あんた、一人かい?」

富沢虎山が訪ねて来た。診療のときに着る筒袖(つつそで)姿なので、休憩がてら抜け出して来たらしい。

「ああ。藤村と仁左が跡をつける仕事があって出かけたのでな、足の悪いわしはこうしてお払い箱なのさ」

夏木は笑いながら、足をさすってみせた。

「あんたのは、ほんの少し引きずるくらいだろうが」

「それでも、妙な歩き方ってのは、目についてしまうんだよ」

「そういうもんかね」

夏木が茶を出してやると、うまそうに飲んだ。近ごろは、患者に飲ませる薬草茶ばかり飲んでいるらしい。

「菓子もあるぞ」

もらいものの、鈴木越後の羊羹である。

「甘いものなら食わん。あれは毒だからな」

「毒なのか？」

「人にもよるが、やけに喉が渇いたり、小便が甘い匂いがするようになったら、ぜったいに断ったほうがよいな」

「そんなことはないが、確かに虫歯にもなるしな」

と、夏木は納得し、

「だが、虎山先生も、最近は口癖が消えてしまったな」

「口癖？」

「つまらん、つまらんと、のべつ言っておったではないか」

陰では、つまらん爺さんと呼んでいたとは、さすがに言えない。

「そうだったかな」

「おいおい」

「それより、初秋亭の男たちは、身体は大丈夫なのか？　こういう大地震の後というのは、知らないうちに身体が弱っていたりするもんだぞ」

「なるほど。そういうこともあるかもしれんな。わしも一度、中風を患っているので、自分なりに気をつけてはいるがな」

「それはたいしたもんだ。どんなことに気をつけている？」

「そうだな。まず、毎日、身体をよく動かすようにはしているよ。とくに、身体中の筋を伸ばすようなつもりでな」

「ああ。それはいい。血の道を柔らかく、通りがいいようにするのは大事だぞ」

「それと、ずいぶん書物も読んでな。近ごろは、ウコギとナズナを煎じたやつを、別々に朝晩、大ぶりの茶碗で飲んでいるよ」

「ウコギとナズナか。あんた、ほんとにいろいろ調べたみたいだな」

虎山は感心して、

「どれ、ちと脈を取らせてくれ」

「ああ、いいとも」

手首にしばらく指を当てて、

「うむ。いい脈だ。ちょっと舌を出して」

「こうか」

「目も見せてくれ」

と、下瞼を指で下げるようにした。

「たいへん素晴らしい。だが、油断せず、疲れたと思ったらすぐに休み、疲れを貯めぬようにな」

「わかった。だが、わしはいまとなると、あのとき中風を患ってよかった気がするよ」

「ほう」

「もし、あのころの暮らしをつづけていたら、いまごろはもっとひどい中風であの世に行っていた気がするし、人生観みたいなものもずいぶん変わったしな」

「そう。人は大病を患うと変わるのさ。まあ、ほとんどは賢くなるが、まれにもっと馬鹿になる者もいる」

「わしは、馬鹿になったほうかもしれんな。あまり深くものごとを考えなくなった気がするし」

「そりゃあ悟ったんだよ。藤村さんや、七福堂も元気かい?」

「ああ、元気だよ」

「そうか。じゃあ、また来るよ」

夏木は見送って、

——あいつ、なにしに来たんだ?

と、首をかしげた。

五

午後になって――。

藤村と仁左衛門が、富士屋の店の隅で茶を飲んでいると、おきぬはそそくさと外に出て行った。

「おい、仁左」

「うん。つけよう」

おきぬは、袂(たもと)を波打たせながら、せかせかといった調子で歩いて行く。なにかに憤慨しているようにも見える。

「あの歳ごろの子どもは娘に限らず難しいんだよねえ」

仁左衛門が言った。

「そうなんだろうな」

藤村は、子育てのことはぜんぶ加代にまかせていたので、あの歳ごろの康四郎の態度などほとんど覚えていない。いつの間にか、頼りないくせに生意気な、いまの康四郎になっていた気がする。

「大人が常識としていることが、まったく通じなかったりするんだよ」

「ふうん」

「しかも、あのおきぬは、度を越して感じやすいところがありそうだしね」

「ああいうのが大きくなると、入江かな女みたいになるのかもな」

「…………」

仁左衛門は、急にかな女の名を出されて、なんと言っていいかわからなくなった。生きているのか、死んでいるのか、それだけでも知りたい。もちろん生きていて欲しいが、もう深い付き合いはする気がない。ひどいと思われるかもしれないが、あの地震で自分の気持ちが変わってしまったのだ。

「どうした？」

藤村が訊いた。

「いや、なるほどそうかもしれねえと思ったんだよ」

今度もおきぬは、昼前と同じところに立ち止まり、周囲を眺め、また歩き出した。そしてやはり同じところで手を合わせた。

「おきぬが、地震のとき、急に階段を下りて、家を出たってことは、恐怖で逃げたんじゃなく、二階からなにかを見たんだろうな」

と、藤村は言った。

「そうだよね。ただ、逃げたなら、家の前にいるだろうからね」

「二階から見たんだ」

「なにを見たのかだね」

「あの店の周りになにがある？」

「とくに変わったものはないよね」

「二階だと、多少、遠くまでは見えていただろうけどな」

「あそこだと大川も河岸も永代橋も見えるだろうね」

「でも、駆け出したのは橋のほうじゃねえぞ」

「横のほうは町人地で、地震でつぶれたり流されたりする前は、家はずいぶん見えていただろうね」

「いま、歩き回っているのも町人地のほうだわな」

「なにを見たのか、いまとなってはわからないかもしれないね」

二人がそんな話をしているあいだに、おきぬは富士屋にもどって来て、さっさとなかへ入ってしまった。

「おい、もういっぺん、さっきのところを見て来ようぜ」

藤村が言った。

「そうだね」

最初に、二度目に立ち止まって手を合わしたところへ来た。

少し離れたあたりに、新しく仮小屋みたいなものを建てている男がいたので、

「よう、ここにはなにがあったんだい？」

藤村は大声で訊いた。

「お稲荷さんですよ」

「そうかあ」

立木が数本残っていて、境内だったような感じもある。おきぬは、元あったお稲荷さんに手を合わせているのだ。納得である。

「境内もわりと広くて、よく子どもの遊び場になっていたんですよ」

「ありがとよ」

だが、祠（ほこら）だか神殿だかは、跡形もない。

「おきぬもここで遊んだのかな？」

と、藤村が言った。

「それとも、なにか願掛けでもしていたのかもね」

「なるほどな」

　つづいて、もう一か所、おきぬが立ち止まるところに行ってみた。

　このあたりは、四、五間くらいの幅で、家々がごそっと無くなっている。大名屋敷の塀沿いに流され、相川町を斜めに横切って、大川に流れ込んでいったのだろう。

　あらためて、津波の猛威を思い起こさせる光景になっている。

　通りがかりらしい町人に、

「ここはなにがあったか、わかるかい？」

　と、藤村が訊いた。

「ああ、ここには洒落(しゃれ)た下駄屋があったんですよ。でも、つぶれたうえに流されて、皆、亡くなってしまいましたよ」

「遺体は出たのかい？」

「あるじらしいのが見つかったという話ですが、なにせまともに見られるような遺体じゃなかったし、ちゃんと確かめる者もいなかったでしょう。向こうの正源寺で、まとめて葬られた口ですよ」

「何人家族だったんだ？」

「あるじ夫婦と娘でした」

「娘はいくつだった？」

「十二、三でした。おとよちゃんといいましたかね」

おきぬと同じくらいである。

「すみません。急いでまして」

近所の者が立ち去るのを見送って、

「おきぬの友だちだったのかもしれないね」

と、仁左衛門が言った。

「そうだな」

「家がつぶれたのを見て、心配で駆けつけて来たんじゃないのかい」

「そう考えるのが妥当だわな。ま、明日（あした）、当人に訊いてみるか」

それで、歩けなくなった理由がわかれば、この一件は解決となるはずである。

六

翌日――。

昼前におきぬは富士屋を出て、今日もおとよの下駄屋があったところで立ち止まった。すかさず藤村が、

「よう、お嬢ちゃん」

やさしく声をかけると、

「え？」

おきぬはギョッとしたような顔をした。

「ここにはなにが……」

訊(たず)ねようとしたが、おきぬは逃げるように駆け出してしまっている。とてもなにか訊くどころではない。

「どうしたんだい、藤村さん？」

仁左衛門が近づいて来て訊いた。

「いや、声をかけたらすぐ、怯(おび)えたように逃げて行ってしまった」

「そりゃあ藤村さんが怖かったんだよ。やっぱり、お武家さまは駄目だね。刀差してる人は怖いんだよ」

「ううん、そうなのかねえ」

そう言われると、藤村も自信がない。現役だったころも、取り調べで少女に声を

かけるなんてことはほとんど経験がない。

「今度はあっしが声をかけてみるよ」

と、午後になるのを待って、

「ねえねえ、お嬢ちゃん」

同じところで仁左衛門が声をかけたが、

「やあだぁ」

警戒心もあらわに逃げてしまった。

「なんだ、仁左。お前も駄目じゃねえかよ」

「ほんとだね」

「おいらたちみたいな歳のやつは信用してねえのかもな」

「でも、話もできないんじゃ、解決のしようがないよ」

二人は、頭を抱えて初秋亭にもどり、夏木に相談すると、

「なるほどな。たしかに、あの歳ごろの娘は、見知らぬおやじなんかとは話をしたくないのだろうな。まして、藤村と仁左では、とても人助けをしているふうには見えぬのだろう」

「いや、夏木さんでも同じだったと思うぜ」

藤村は憮然として言った。

「いい手はないもんかね、夏木さま？」

「そうだ。洋蔵に手伝わせてみようか。あいつは昔から、子どもに好かれていたんだ」

「あ、洋蔵さんなら歳も近いし、いいかもしれないね。でも、やってくれるかね」

「頼んでみる」

夏木は早めに屋敷にもどった。

洋蔵の部屋に行くと、手本を見ながら習字をしているところだった。洋蔵はつねづね、自分は字が下手なせいもあって、書の鑑定がいちばん苦手だと言っていた。その字の下手なのはおそらく夏木の血を引いたはずで、それを聞くたび申し訳ないような気になるのである。

「洋蔵。ちと、頼みがあるのだがな」

と、おきぬのことを話すと、

「それは面白いですね」

すぐに興味を示した。

「当人は面白くはないだろうがな」

「もちろんです。だが、わたしは、そういった子どもの気持ちに興味がありましてね。悩んだあげくに、大人からすると思いがけないことをしでかしたりします。もっとも、子どもの気持ちを考えることは、大人の気持ちを知ることにもなるのですが」

「なるほど」

「とりあえず、病気でもなさそうなのに、なぜ歩けなくなって、なぜ地震で急に歩けるようになったか、そのわけが知りたいのですよね」

「まあ、それが最初だろうな。ただ、なにか深い悩みがあるなら、それを解決してやることまで考えねばなるまいが、そこまではそなたに頼まぬ」

「わかりました。やらせてください」

「たいした礼はできぬかもしれぬぞ」

「そんなことはかまいませんよ」

洋蔵は、金儲けがうまいわりに、たいして金に執着してなかったりする。

「だが、どうやっておきぬに近づく？　いったん警戒されてしまったら、心を開かせるのは難しくなるぞ」

「なるだけ自然なほうがいいですね……」

と、しばし考えて、

「おきぬちゃんは、手習いには行っていたのですか？」

「歩けなかったくらいだから、少なくともこの半年は行ってなかっただろう」

「では、絵を教える先生がいるということで、父親を通してでもいいから、うまく誘ってみてもらえませんか？」

「そうか、その手があるか」

洋蔵は、書は苦手でも、妙なことに絵のほうは上手に描けるのである。

「そうだ。わたしは京都でいろんな絵を模写してきたので、それも見せてやります。きっと面白がると思いますよ。初秋亭で、いや早春工房のほうがいいかな、あそこの隅を貸してもらいます」

「わかった、明日にでもやってみよう」

夏木が洋蔵の部屋から自分の部屋にもどると、志乃がいて、珍しく仔猫（こねこ）の夜雄をかまっていた。

「なんだ、猫と遊びたくなったのか？」

「そうではなくて、新之助のことですよ」

「なんでも、正式に、延期になったようです」

「ああ」

「そうか」

当然のことで、こんなときに町奉行を新しくする意味はない。

「でも、別のところから聞いたら、黒旗(くろはた)さまが、巻き返しを図っているとか」

「巻き返し？」

「どうも、新之助だったみたいですよ」

「そんなこと、わかるものか」

「いえ。そうだったみたいです」

志乃は誰から聞いたのかは知らないが、確信に満ちた口調で言った。では、あの地震が一日遅かったら、新之助が町奉行になっていたのか。

「ねえ、お前さま」

「ん？」

「悔しくないんですか？」

「………」

夏木は答えない。

なぜなら、それが新之助にとって幸せなことかはわからないのだ。しかも、あいつは、町奉行のような仕事は合わないような気がする。町奉行というのは、当人に、もっとくだけたところがあって、町人の気持ちに近くないと、善政を施すことは難しいはずで、むしろ洋蔵みたいなやつのほうが合っているのかもしれない——夏木は口には出さなかったが、そう思っていた。

「もっと応援してやってくださいよ」

「わしにそんな力があるものか」

「そうですか。あたしは、商売で儲けて、そのお金を新之助の支援に回すつもりです」

「幕閣を金で動かすつもりだったら、莫大な金がいるぞ」

「ええ。千両でも二千両でも儲けてみせますから」

志乃は憤然となって言った。

七

翌日——。

富士屋俵右衛門が娘のおきぬに、京都で絵を学んできた先生に、絵を習ってみないかと訊いたら、

「ああ、習いたい」

と、すぐにうなずいたという。

その日の昼過ぎに、洋蔵が富士屋に行き、さっそく早春工房に案内してきた。

早春工房の面々は、虎山の診療所の手伝いと、木挽町の店の建て直しのことで、大忙しである。幸い、木挽町の店は、屋根そのものは壊れていなかったので、梃子などを使ってそのまま持ち上げ、柱を補強することでどうにかなるらしい。今日はその打ち合わせで、加代とおさとが木挽町に行き、夏木家の女中二人が虎山の診療所に行き、ここには志乃と近所のおかみさんがいて、袋に女美宝丸を詰める作業をしていた。

おきぬは、きれいな工房を興味深げに眺め、机を挟んで、洋蔵の前の席に座った。

「まずは、わたしが京都で模写してきた絵を見てもらおうかな」

洋蔵は家から持ってきた分厚い画帖を見せた。

「わあ、凄い。先生、お上手ですね」

「それは、わたしがうまいのではなく、元の絵を描いた絵師が上手なんだよ」

おきぬはゆっくり一枚ずつめくっていく。

「ああ、これ、いいですね」

ひときわ目を輝かせたのは、俵屋宗達（たわらやそうたつ）の『風神雷神図屏風（びょうぶ）』だった。

「おお、おきぬちゃん、目が高いな。わたしも京都でずいぶんたくさんの絵を見たが、これはいちばん素晴らしいと思った絵だよ」

この絵がある建仁寺で、父親たちの知り合いという鮫蔵（さめぞう）にも出会ったのだ。

「そうなんですね。これって、金箔（きんぱく）のうえに描いたんですか？」

画帖には金箔は使えないが、金泥でできるだけ近い雰囲気に仕上げてある。

「うん。だから、昼と夜ではまた、感じが違うんだよ。夜はろうそくの明かりに金箔が輝くから、いっそう気高い感じになるんだよ」

「でも、この風神も雷神も怖くないですよね」

「そう。剽軽（ひょうきん）で悪戯（いたずら）っぽい顔をしてるだろ？」

「はい。親しみやすいです。それがまたいいですねえ」

ここまで話が合うと、あとはやりやすい。

まずは、川原から採ってきた野草を描かせてみた。

おきぬが描き始めるとすぐ、

「ほう」

洋蔵は感心した。筆使いもなめらかで、見るべきところをちゃんと見ているのにも感心する。たちまち墨一色の絵が完成したので、次に色を塗らせてみた。色使いのほうは、まだ未熟なところがあるが、

「絵を習ったことは、本当にないのかい？」

「ないですよ」

「それでここまで描けるのはたいしたもんだ」

「じつは、あたしのおばあちゃんも絵が好きだったんです」

「へえ」

「いっぱい描いていたんですよ」

「どういう絵？」

「いろんなもの。花とか景色とか、あと犬や猫も大好きだったから、それもよく描いていました」

「犬とか猫は飼っていたのかい？」

「ううん。口にするものを売る商売は、犬猫はぜったい飼えないって、おとっつぁんがおばあちゃんに怒ったから」

おきぬは不満げに言ったが、

「でも、それは正しいかもしれないぞ。穀物問屋は、店のなかを清潔にしておかなくちゃいけないからな」

洋蔵は、父親の主張をかばった。父親を嫌いにさせることは、おきぬのためにも良くないことなのだ。

「うん。だから、おばあちゃん、怒られたあとも、裏庭のとこで、よく野良犬とか野良猫に餌やってました」

「そうか」

「でも、おばあちゃん、亡くなる前はあんまり絵も描いてなかったかも」

「なにかわけがあったのかい？」

「番頭さんたちが、変な絵で気味が悪いって言うのが聞こえたからだって。おばあちゃん、あたしの絵はそんなに変かい？　って、あたしにも訊いてました」

「見てみたいね、おばあちゃんの絵」

と、洋蔵は言うと、おきぬはパッと顔を輝かせて、

「あたし、いまから持ってきますよ、おばあちゃんの絵」

「あるのかい？」

「亡くなったあと、捨てられそうになったので、あたしがもらったんです。先生に見てもらいたいので、いま、持って来ます」

一人で行こうとしたので、洋蔵も店の前まで付いて行き、店に入るのを見届けた。おきぬは、白木の手文庫を抱えてすぐに出て来て、

「これですけど」

立ったまま手文庫を開けると、四つ折りにされた数十枚の絵が出てきた。

「ここじゃあ、なんだから、おきぬちゃんの部屋に入れてもらったほうがいいんじゃないかな？」

「あ、どうぞ、どうぞ」

あるじの俵右衛門にも声をかけ、二階の部屋に入った。六畳間で、西向きの窓から大川が見え、南向きの窓の向こうは地震で変わり果てた町人地である。

「どれどれ」

一枚ずつ広げて見ていく。

「ほう、たいしたもんだ」

永代橋を描いたものもあれば、この界隈の景色だとわかるものもある。猫と犬の絵も多く、想像で描いたらしい虎の絵まであった。

「うまいですよね？」

「うん。うまいよ。おばあちゃん、誰かに習ったのかな？」

「ううん。おばあちゃんも、誰にも習ってないんだって。だから、あたしも絵を描き始めたら、お前は才能があるから、誰かに習ったりせず、いっぱい描くといいよって」

「そうなのか」

そこは難しいところだろう。確かに習って、師匠そっくりの絵を描くのがふつうだが、洋蔵もそれでは面白くないと思う。人にはそれぞれに才能があるのだから、同じような絵はつまらない。だが、どこかで誰かの真似をしてみるのも、絵の才能を伸ばすのに役に立つ気もする。

「おばあちゃんの絵は、細かいところまで丁寧に描き込んであって、京都の絵師で伊藤若冲（いとうじゃくちゅう）という人に似たところがあるね」

洋蔵は、若冲の絵も数枚、模写してきた。

「そうなんですか。でも、おばあちゃん、京都には行ったことないと思います。京都どころから、江戸の外にも行ったことないって言ってましたから」

「うん。真似じゃなく、自分で磨いた腕なんだろうな」

「おばあちゃん、凄いんですね」

おきぬは嬉しそうに言った。

「これは表装すると、もっと見映えがよくなるよ。仕舞っておくのは勿体ない。わたしがしてきてあげようか？」

「表装って？」

「掛け軸にするんだよ。そうしたら、いつでも、おばあちゃんの絵を眺めることができるぞ」

「ぜひ、お願いします」

「では、とりあえず、これとこれをやってこようか」

猫の絵と、秋の草を描いた二枚を選んだ。

八

そのころ――。

夏木権之助は、一人で佐賀町の富士屋を見に来ていた。

今度の仕事は、藤村と仁左衛門にまかせ、さらに洋蔵に手伝ってもらっている。

自分も少しくらいは関わりたい。

富士屋は立派な店構えである。まさか、ちょうどいま、洋蔵がおきぬの部屋にいるとは思ってもいない。それから、聞いていた道をぐるりと回ってみた。どこで二度立ち止まったのかは、ただ歩いてもわからない。

「ふうむ」

だが、一回りしただけでも、少し関わったような気になれた。

帰り道は大川のほうに回ると、

——あ、ここは……。

黒旗英蔵（えいぞう）の屋敷だった。門構えを眺めていると、突如、門が開き、十数人の男たちが出て来た。

「どうも、わざわざお越しいただきまして」

「いや、おぬしの考えはよくわかった。折りを見て、評定所の議題に取り上げることにしよう」

「光栄にございます」

黒旗が話しているのは、名は覚えていないが、確か勘定奉行（かんじょうぶぎょう）の一人ではないか。

——なるほどな。

志乃が言っていたのは本当で、こうして熱心に売り込みをかけているらしい。

黒旗は、丁重な態度で勘定奉行を見送った。大方、奉行の懐も、来たときよりだいぶ重くなっているのだろう。

ふと、こっちを見た黒旗と目が合ってしまった。

黒旗はつかつかと近づいて来て、

「もしかして、夏木権之助ではないか」

「おう、久しぶりだな」

「懐かしいな」

「そうだな。大川で泳いだころ以来だろう」

「おぬしが隠居したことは聞いているよ」

「そうなのさ。退屈するかと思ったが、むしろいまのほうが忙しいくらいだ」

「なんで忙しいのだ?」

「猫捜しをよく頼まれるのでな」

「猫捜し?」

なんだ、それは？という顔をした。

「飼い主に頼まれて、いなくなった猫を捜すのさ」

「なぜ、そんなくだらぬことをしているのだ」

「くだらぬことでもない、飼い猫にいなくなられた飼い主のほうは、心配で夜も眠られなかったりするのさ。猫がいなくなったというより、猫に置いて行かれたような気分なのだろうな」

「ふうん」

黒旗は不思議そうな顔をして、

「聞いているか、町奉行のことは？」

「ああ、まあな」

「わしと、おぬしの倅が候補になっていた」

「らしいな」

「おぬしも応援しているのだろうな」

「いや、とくには……」

「とくには？」

「まあ、家内からはしろと言われて、一、二度、親類のところに行ったくらいかな」

「嘘を言え。それより、わしはなんとしても町奉行をしたいのだ。ただでさえ、世のなかの乱れように憤慨しておったが、このたびの地震で、江戸の風紀はさらに乱れると睨んでいる。江戸が、薄汚い町人どもが増長し、勝手なことばかりするような町になっていくことだけは、避けねばなるまい」

「薄汚い？」

「金儲けに汲々として、礼節を忘れるようなやつらのことだよ」

「ふうむ。わしには、そんなふうには見えぬがな。とくにいまは、この大災害から立ち直るのに、皆、必死でやっているだろうが」

「甘いな、相変わらず」

と、黒旗は苦笑した。

「では、せいぜい頑張ってくれ」

夏木はそう言って、踵を返した。以前、藤村が脅すようなことをしたときは、やり過ぎかとも思ったが、あれくらいしてもよかったかもしれない。昔思っていたより、ずいぶん嫌なやつになっていた。

「殿。いまのは？」

用人の舘岡三十郎が近づいて来て訊いた。

「夏木権之助だ」

「あれが、そうですか」

舘岡は、遠ざかっていく夏木の姿を、睨むように見た。

「舘岡。わしらは間違っていたようだぞ」

と、黒旗は言った。

「なにがでしょう？」

「候補は倅ではない。あいつだ。夏木権之助だ」

「そうなので？」

「なにが猫捜しだ。とぼけおって。だが、あいつのああいうところを評価する者は、昔から少なくなかったのだ。ああいう男を上に置くと、下は動きやすいのだとな。弱ったな。権之助が相手となると、わしも諦めるべきなのかもしれぬ」

黒旗の顔に落胆がにじみ出た。

「殿。そんなことで落胆なさいますな」

「だが、夏木は強敵だぞ。あやつには、弁を尽くしても勝てぬだろう」

舘岡は、声を低め、

「この舘岡におまかせを。この先は、わたしが勝手にやることで、殿はいっさいご存じないことです。よろしいですな」

「…………」

黒旗は静かな、しかし希望が蘇（よみがえ）ったような顔で舘岡を見た。

九

翌日——。

洋蔵は、富士屋の女中に連れられて早春工房にやって来たおきぬに、表装した二枚の絵を見せた。昨夜、夜中までかかって仕上げたのだ。

「どうだい？」

「うわあ、いいですね。なんだか、有名な絵師の絵みたい」

「うん。これは、有名な絵師と比べても見劣りしないと思うよ」

洋蔵は、お世辞ではなく、そう思っている。筆使いは、いかにも女性らしい細やかさがあるが、色使いが斬新で大胆なのである。じっさいの色とはまるで違う色が使われ、それが美しいのである。これは、床の間などより、例えば料亭の玄関口あたりに飾ったりすると、かなり客の目を引くものになるのではないか。

こんなときになんだけど、おきぬが落ち着いたら、預かって商売にさせてもらってもいいかもしれない――と、洋蔵は思ったほどである。

「おきぬちゃん、今日は景色を描いてみるかい？」

そのための筆や絵の具も用意してきた。

「でも、景色を描くのって、なんか怖い気がするんですよ」

おきぬは顔を強張(こわば)らせて言った。

「怖い？」

「ええ。まだ頭のなかに、地震のときの光景がいっぱい残っていて、それを描いてしまいそうなんです」

「ああ、なるほどな」

やはりこのおきぬは才能があるのだ。じっさいに見た景色を絵にして蘇(よみがえ)らせることができるのだ。

「そういえば、わたしは地震が嫌いだったんだよ」

洋蔵は怖がらせないよう、微笑みながら言った。

「皆、嫌いでしょ」

「そうなんだけどさ。子どものころ、いまのおきぬちゃんより小さかったときかな、家の者といっしょにお墓参りに行ったとき、ちょうど地震が来たんだよ。そのとき、墓石がばたばた倒れてね」

「まあ」

「それも、異常なくらい次々にばたばた倒れたんだよ。まるで、お化けでも見ているみたいだったよ」

あれは、七つか八つくらいのときだったはずである。父方や母方の菩提寺ではなく、誰か親戚の人が亡くなったときで、場所は深川あたりの寺だった。とんぼがいっぱい空を飛び回っていて、洋蔵はそのとんぼに目をやっていたとき、突然、地震が来て、その光景を目撃したのだった。それから十代の終わりくらいまで、地震があるたびに、あのときの墓のように家がばたばたと倒れる気がして、怖くて仕方がなかった。さすがにいまは、もう少し冷静でいられるが、それでもあのときの光景は忘れられずにいる。

「面白い」

と、おきぬは笑わないで言った。

「いや、面白くないって。地震よりも、墓が倒れたことが怖かったんだ」

「あたしもこのあいだの地震で気がついたことがありました」

「気がついたってなにを？」

「地震で地割れが起き、地面の下に骨がないのが見えたんです。ただの赤土でした」

「骨？　なんの骨？」

　おきぬは、少し間を置き、洋蔵の目を見て、

「人の骨ですよ」

　と、言った。真剣の塊のような顔になっていた。

「じゃあ、おきぬちゃんは、地面の下には人の骨が埋まっていると思っていたのかい？」

　洋蔵は、おきぬを落ち着かせるように、ゆっくりした口調で訊いた。

「おとよちゃんがそう言ったんです。この地面は、人の骨でできてるんだって。だいたい、いままでにどれくらいの人が死んでると思うの？　って。数え切れないでしょ、だから、地面が人の骨でできてても、なんの不思議はないでしょって。あたしは、死んだら、お墓に埋めるんじゃないの？　って訊きました。それは、おきぬちゃんのお家とか、お金持ちの家の人だけ。お墓に埋めるにはたいそうお金がかかるんだって。だから、ほとんどの人は、死んだらそっと、そのへんを掘って埋めてるんだって」

「なるほど」

長い歴史に照らし合わせると、そう突飛な妄想ではないのかもしれない。

「おとよちゃんは、掘ってみせたんです。すると、ほんとに白い骨が出てきました。あ、これは赤ちゃんの骨だよって」

おきぬはそう言うと、その光景を思い出したらしく、はらはらと涙を流した。

いま、おきぬはとても大事なことを話しているのだ。

「おきぬちゃんは、その話を聞いたから、歩けなくなったのか？」

洋蔵は静かな声で訊いた。

「知ってたんですか、そのこと？」

「うん。おとっつぁんから聞いてたよ」

「そうなんです。そのせいで、あたしは地面を踏めなくなったんです。地面の下は、ずうっと人の骨で、真っ白になっていて、それを想像したら、とてもその上を歩くことなんてできなくなってしまったんです」

「なんで親に、本当かどうか訊いてみなかったんだ？」

「親は隠してきたと思ったんですよ。人をそこらに埋めてるなんて、認めるわけないって、おとよちゃんもそう言ってたし」

「ふうむ」

「それで、あの地震のとき、二階から外を見たら、赤土だとわかったでしょ。それで、おとよちゃんに、なんであんな嘘ついたの？　って文句を言おうと思って、家を出て、おとよちゃん家(ち)に向かったんです」

「そうなのか」

「あたしが二階から見たときは、おとよちゃんの家はまだつぶれていませんでした」

「見えていたんだ、おとよちゃんの家は？」

「ええ。そのあとまた強い揺れが来て、やっとおとよちゃんの家の近くに行ったら、あのあたりの家はぜんぶつぶれていて、もちろんおとよちゃんの家もつぶれて、近くに行くこともできなかったんです」

「津波が来ただろう？」

「あれは、あたしが家にもどったあとでした。二階から見ていたら、津波がどどーっと来て、うちのあたりはちょっと高くなっていたみたいなんですが、ちょうどおとよちゃんの家があったあたりが、ずるずるって、なにかに引きずられるみたいに見えなくなっていったんです」

「凄(すご)かったよな」

「ええ。あたしとおとよちゃんが、小さいときにしょっちゅう遊んだお稲荷さんも、そのとき持って行かれました」

「それはがっかりだね」

「おとよちゃん、間違いなく死んじゃったと思います。怖くて捜しにも行けないし、誰にも訊いていないけど。でも、もしかして無事だったら、また、あそこにもどって来るかなと思って、一日二度、あの家のところに見に行ってるんです。それで、お稲荷さんにも、もし無事だったら、また会わせてくださいって」

そう言いながら、おきぬは泣いていた。声は出さないが、涙がぽたぽたと膝に垂れた。洋蔵は、おきぬの肩に手を当て、

「よしよし」

と、慰めた。

おきぬは、一度、強く瞼を閉じ、涙を流し切るようにしたあと、

「でも、おとよちゃん、なんで、あんな嘘を言ったんだろう？」

と、不思議そうに宙に目をやった。

「なんでだろうな」

「あのときの赤ちゃんの白い骨は？」

「そこらで、鳥の骨でも拾ってきて、あらかじめ埋めておいたんじゃないかな」

「ああ、そうですね」

「おとよちゃんて、どんな女の子だったんだい？」

「おとよちゃんですか……」

おきぬはしばらく考えて、

「そうだ。絵に描いてみますね」

ちょっと迷っていたが、描き出したら、たちまち完成した。丸顔で、瞼が重そうだが、鼻はまっすぐ高く、なかなか賢そうである。浮世絵の女の絵と違っていかにも生きた女の子らしい。たぶんよく似ているのだろう。

「こんな感じです。おとよちゃんて、あまり笑わないんですよ」

「うん。ちょっと気難しそうにも見えるね」

「とくに病気になってからは、そんなふうでした」

「なんの病気だったの？」

「心ノ臓がよくないって言ってました。子どものころは、あすこのお稲荷さんの境内でいっしょに遊んだりしていたんだけど、風邪をひいたことがあって、それからあまり外に出られなくなったんです」

「そうだったのか」

洋蔵は間を置き、

「だから、元気なおきぬちゃんが羨ましかったのかもしれないな」

「それで、あんな嘘を？」

「うん。まさかおきぬちゃんまで歩けなくなるとは思わなかったんだろうな。せいぜい、びくびくしながら歩くくらいだろうと。半分、悪戯みたいな気持ちだったんだよ」

「ああ、そうなんですね。でも、あたしが馬鹿だから、本気にしてしまって」

「いや、逆だよ。おきぬちゃんは賢くて気持ちがやさしいから、骨に埋め尽くされた大地を想像してしまったんだ」

子どもからしたら、それは墓がばたばた倒れる光景より、さらに恐ろしいものだったはずである。

「それから、向こうの窓とこっちの窓で、お互いに顔を見ていたんだ？」

と、洋蔵は訊いた。

「そうです。毎日、手を振ったりしてました」

「おとよちゃん、わかったのかな？　自分の話でおきぬちゃんが歩けなくなったって」

「どうですかね。おとよちゃん、そのころはあまり起き上がれなくなってましたから。手を振るようすも元気なかったです」

「そうか。だったら、おとよちゃんは、言い過ぎてしまったと思っていたかもな」

「寂しかったでしょうね」

「でも、自分と同じようになって欲しいという気持ちもあったかもしれないよ」

「ああ、そうですね」

「だったら、腹立たしいかい？」

「ううん。あたしだって、おとよちゃんみたいになったら、そう思うかもしれないし。なんだっけ、同病……」

「相憐れむかい？」

「そう。そんな気持ち、わかる気がする」

おきぬはちゃんと相手の気持ちまで想像することができるのだ。

「そうだ。いいことを考えた」

と、洋蔵は手を叩いた。

「なんです？」

「このおとよちゃんの絵も表装してあげるよ。それで、おきぬちゃんの部屋に飾れば、いつでもおとよちゃんに声をかけてやれるだろう」

「それはいいですけど……」

「どうしたい？」

「おとよちゃん、まだ亡くなったって、決まったわけじゃないですよ」

「うん、確かにその通りだ」

これは迂闊な物言いだった。

「でも、また会えたら、この絵を見せてやればいいだけのことだろう？」

「そうですね。だったら、もっと上手に描いてみます」

おきぬはふたたび筆を取った。


おきぬを富士屋に送り届けたあと、洋蔵は初秋亭に行き、今日のことをすべて報告した。

「なるほど、そういうことか」

洋蔵の話に三人はすぐに納得した。

「だから、おきぬちゃんはもう心配ないと思います。わたしも富士屋のあるじに、おきぬちゃんにはどんどん絵を描かせてくれるよう頼んでおきました。それが、これからもあの娘を助けてくれるはずですから」

「うむ。よくやった」

と、夏木は満足げに言って、

「では、もうおきぬを教えるのも終わりか？」

「それじゃあかわいそうでしょう。十日に一度くらいなら、教えてやってもいいんですが」

「だったら、その代金の交渉もしてあげるよ」

と、仁左衛門が言った。

「それはありがとうございます」

洋蔵も素直にうなずいた。

「だが、わずか半町ほど離れたところで、二人の病んだ少女が、半年あまりも互いに見つめ合っていたわけだ。そこに地震が来て、片方はふたたび歩けるようになったが、もう片方は永遠に歩けなくなってしまった……」

藤村がしみじみと言って、

「切ないもんだなあ」

と、ため息をついた。

夏木と仁左衛門が帰ったあと、藤村は隣の番屋でしゃべったりしていて、初秋亭を出るのが遅くなった。二階から見る大川が、西陽に赤く染まって、もう少しいようかという気になった。

そういえば、地震で発句のことも忘れていた。夏木も仁左衛門もそうだろうが、地震の光景を句にしようという気には、どうしてもなれないのだ。

だが、この夕景があの大惨事の後のものだと思うと、強い感慨が迫ってくる。どういう句ができるのか、しばらく考えたが、やはりつくれなかった。年月が経つと、地震の句もつくることができるのか、それはわからない。

十

「誰かいるのかい?」

階下で声がした。

下りていくと、

「よう、藤村さん」

虎山が来ていた。診察のときに着る筒袖(つつそで)にかるさんではないので、もう診療は終わったらしい。

「あんただけか？」

「ああ。誰かと一杯やりたくて来たのかい？　生憎だが、おいらはもう帰るぜ」

「そうか。あんた、身体はなんともないか？」

と、虎山が訊いてきた。

「ああ。元気だよ。なんなら、いっしょに大川を泳ごうか？」

「無理するな。なんとなく顔色が冴えないように見えるぞ」

「やめてくれ。医者にそういうことを言われると、なんともなくても具合が悪くなる」

「診てやる。ちと、横になるだけだ」

「いや、いい」

「早いうちから薬を飲めば、治る病はいっぱいあるのだがな」

「そんなことより、近ごろ、髪が薄くなってきた気がするんだ。髷が結えなくなると情けない。いい毛生え薬はないかね？」

「そんなものはないな」

「じゃあ、いいよ。またな」

藤村は戸締りをして歩き出した。

――虎山のやつ。もしかしたら、加代からなにか訊いたのかもな。

そう思ったが、加代への怒りはない。あいつも心配してくれているのだと、嬉しく思った。

じつは、昨夜、胃が痛んだのだった。きりきりと差し込まれるような激しい痛みで、しばらく眠れなかった。また血を吐くのかと不安だったが、それはなく、明け方になって痛みも薄れ、眠りについたのだった。

――病というのは間違いない。死病かもしれない。

それも仕方がなかった。だいたい、人生五十年というが、それを七年も超えた。しかも、どれだけの人間が死んだかわからない今度の地震や津波でも生き残ったのだ。ありがたいくらいではないか。

そう思ったとき、さっきの虎山の言葉を思い出した。早いうちから薬を飲めば、治る病はいっぱいある……。

――治るものなら治りたい。

藤村はそうも思った。自分にもまだまだやれることはあるはずなのだ。夏木さんや仁左といっしょに、いまの人助け仕事をつづけたい。

――死にたくはない。

藤村はまたも踵（きびす）を返した。

診療所のほうへ向かっている虎山を呼び止めて言った。

「おい、虎山さん、待ってくれ。やっぱり、ちっと診てもらいてえんだ」

第四話　幽女の鐘

一

初秋亭の隣の番屋に、藤村の息子の康四郎と相棒の長助、それに夏木と町役人の清兵衛が腰をかけている。

「いや、若い者でも疲れるさ。たまにはこうやって、甘いものでも食べたほうがいい」

と、夏木が言った。

「ありがとうございます。まあ、少しは落ち着いてはきたのですが、まだ、悪さをするのがいて、目が離せないんでね」

康四郎が、出してもらった饅頭(まんじゅう)をうまそうに頬張りながら言った。

「火事場泥棒が多いうえに、地震に津波だ。仕方ないな」

「そうなんです。しかも、生き残った者も必死ですしね」

「まったくだ」

大勢の人たちが、住まいからなにから、いろんなものを失った。潰れた家をあさったり、流れたものを拾ったりするのは、生きていくために、どうしようもないことなのかもしれない。この康四郎は、そこを充分承知しつつ、巡回しているのだろう。藤村の血を引いているだけあって、たいしたものだと、夏木は感心しているのだ。

「ただ、いろんな噂が多いのにも呆れますよ。なかには、根も葉もない、ただの悪口雑言みたいなものも出回ってますし」

「だろうな。いまのところ、打ち毀しらしいことが起きていないのは、康四郎さんたちの頑張りのおかげだよ」

「いやいや、おいらたちの頑張りなんかしれてますよ。それにしても、いろんな幽霊が出てますね」

「出てるな。わしも、化け猫の相談も多くて参っているところだ。去年死んだ黒猫の幽霊が出ただの、地震で死んだ白猫が成仏できてないだの、あまりにもその手の相談が多いので、もう受け付けないことにした。化け猫の話は、あとひと月してまだ出ていたら調べてやると言っているのさ」

と、夏木は苦笑して言った。

「そうですか。おいらたちも昨日は弁慶の幽霊が出たというのに出くわしたので、追いかけて捕まえたら、火事場泥棒がしこたま荷物を背負って逃げるところでした」

康四郎がそう言うと、長助も苦笑してうなずいた。

「あっはっは、なるほどな」

「ねずみ小僧の幽霊も出たというから、それもたぶん、同じようなものでしょう」

「ねずみ小僧の幽霊がな」

「大名屋敷の塀の上をたったったっと、凄い速さで走ったというんですがね。けっこう何人も見かけているんです」

「大名屋敷の塀の上をな」

「面白いのは、八百屋お七の幽霊が出たという話です」

「ほう」

「地震があった晩のことですよ。若い娘が火の見櫓によじのぼって、半鐘をしばらく叩いて消えたというんです」

「幽霊なのか?」

「どうですかねえ。ふだんの晩なら、『あんた、誰だ?』と、問いかけたりするやつもいたのでしょうが、なにせあの晩はそれどころではなかったですから」

「それはそうじゃな」

「まあ、一か所だけなら、ほんとに火事を報せるつもりで、町内の娘っこが勇気を振り絞って、高い火の見櫓に上ったのかと思うんですが、同じような娘がほかに二か所で目撃されているんですよ」

「それは奇妙じゃな」

「ふつうなら、それだけ半鐘が鳴れば、火消し衆が駆けつけて来ますよね。じっさい、火の手も上がってましたし。だが、あの晩は火消し衆ですら自分の家のことや、近所の人を助けるので、どこかに駆けつけるということはできずにいたんです」

「そうだな」

「悪戯などしてる場合でもなかったし、おいらもその八百屋お七の幽霊はちょっと気になってるんですよ」

「可愛い幽霊だと、康四郎さんも気になるわな」

夏木は笑いながら言った。

「でもね、変な話ですが、あたしは今度の天災で、なんだか幽霊に親しみを感じるようになったんですよ」

と、町役人の清兵衛が言った。

「親しみを？」

夏木は不思議そうに訊き返した。

「ええ、いままでは幽霊なんかただ怖いだけだったんですが、死んでしまった知り合いが幽霊になって、まだそこらへんにいてくれるんだったら、それでもいいかなって思えるんです」

「それは成仏できないでいるということではないのか？」

「そうかもしれません。でも、思ったんですが、別に成仏なんかしなくていいじゃねえですか。生きているあたしたちだって、こうして日々、迷ったり苦しんだりしてるわけでしょ。だったら、死んだあいつらも同じような気持ちでいても、そのほうが親近感があるというものですよ。じつは、蛤町の中野楼って店に、おけいとい う遊女がいましてね。あたしはずいぶんなじんでいたんですが、津波で持っていかれましてね。なんか、あいつがこの世にいないということが、いまだにぴんときてないんですよ」

「そういう思いを抱いている者は多いだろうな」

「それで、おけいの幽霊ならぜひ会ってみたいと思って、昨夜もあそこらをうろうろしたんですがね」

「それはまた、ご苦労だったな」

夏木がそう言うと、康四郎と長助は笑った。

だが、夏木は清兵衛の気持ちもわからないではない。なじんだものがいきなり失われると、幻影みたいなものを求めてしまうのだろう。それは人に対してもそうだし、失われた町並みに対しても、そうだったりする。また家は建つかもしれないが、以前の町並みとはほとんど別物になっているのだ。

「おっと、あまりゆっくりはしちゃいられません。では、また」

康四郎と長助は、立ち上がって、ふたたび見回りに出て行った。

二

見送った夏木は、そこから早春工房をのぞきに行った。いまは、藤村も仁左衛門も所用で初秋亭にはいないのだ。

「お、やってるな」

戸を開けると、薬草の匂いが充満していた。早春工房は、このところ、富沢虎山の治療用の薬草だけでなく、独自の売りものにするための薬草も集めているらしい。

「おや、お前さま」

志乃が嬉しそうに眼を瞠った。

「うん、藤村も仁左も出張っていて、わしだけが仕事がないのだ」

夏木は甘えたような口調で言った。

「では、たまにはおなごの相手をなさいまし。お前さまも近ごろは、すっかり真面目になられたみたいですから」

「なにを言う。わしは昔から真面目だったぞ」

真面目に若い女に惚れていたのだとは、さすがに言えない。

「いま、このおちかちゃんから、面白い話を聞いていたんですよ」

と、志乃がここを手伝っている近所の十七、八の若い娘を見て、

「八百屋お七の幽霊が出たんですってよ」

「八百屋お七だと？　その話をたったいま、町回りの藤村康四郎から聞いたところだったのだ」

「まあ、同心さまにも伝わるくらい、噂になっているんですね。このおちかちゃんは、見たのだそうですよ」

「ほう。やはり、幽霊みたいだったのか？」

と、夏木はおちかに訊いた。

「あのときは、とにかくうちの年寄りを逃がすのに必死だったのですが、いま、思い返すと、ほんとに不思議な光景だったんです」

「どんなふうに不思議だったのだ？」

「だって夏木さま、若い娘があんな高い火の見櫓の上に登って、こうして必死で半鐘を叩いていたんですよ。カーン、カーン、カーンって。あたしだったら、あんな高いところには、ぜったい登れません。近くではほんとに火が出てましたし、その炎に照らされて、なんだか芝居でも観ているみたいでした」

「それでどうなった？」

「あたしも年寄りを逃がしながらだったのですが、次に振り返ると、もういなくなっていたんです」

「どこで見たのだ？」

「あたしの家は、黒江町なんですが、そこの番屋のわきに立っている火の見櫓です」

「ああ、あそこか。ふうむ」

「あたし、じつは八百屋お七って、ずっと憧（あこが）れの人だったんですよね」

と、おちかはふいに恥ずかしそうな顔になって言った。

「憧れの人？」

夏木と志乃が同時におちかを見た。

「ええ。だって、火をつけてしまうくらい、吉三郎（きちさぶろう）って男の人が好きになったんでしょ。そういうことって、たぶんあたしにはないだろうと思うんです」

「そうなの？」

と、志乃が訊いた。

「あたしは、おとっつぁんやおっかさんに勧められるまま、決められた人のところにお嫁に行って、そこでいい女将（おかみ）さんとか、いい母親になることだけをめざして暮らしていくんだろうなって思うんです。じっさい、もう決まった人はいるみたいなんですけど」

「あら、そう」

「それが嫌ってわけじゃないんですよ。でも、八百屋お七みたいに、自分の身まで焼き尽くすみたいな、そういう思いがしてみたいという気持ちも、心のどこかにあるんですよね。あたしって、ふしだらなんですかね」

「そんなことないわよ」

と、志乃は首を横に振った。

「そうですか？」

「そんなことない」

と、志乃は夏木を見た。じつは、志乃と夏木だって、お互いそういう思いを抱いて、どうにか夫婦になったのである。

だが、いま、それを言い出すのかと夏木は内心、ハラハラした。

「ああ、そんなことはない。皆、そういう気持ちはあるのさ」

と、夏木は言った。

「ほんと、なんだったんでしょうね、あのときの八百屋お七は……」

「なんだったのか知りたい？」

志乃が訊いた。

「知りたいです」

「お前さま、調べてあげたら？」

志乃は夏木を見た。

「でも、ほんとのことがわかると、がっかりすることになりかねないぞ」

じっさい、そうなのである。幽霊の正体が、きれいなものだったり、知ってよかったことなどあるのだろうか。

「それならそれでかまいません。あのとき、見てしまったものはなんだったのか、わかってがっかりするなら、それは仕方ありません」

「だったら、お前さま」

「うん、まあ」

「だいいち、若い娘の幽霊ですよ。お前さまだって好きでしょ。若い娘が、若い娘の幽霊の謎を解いてくれと言うんですよ。引き受けますよね？」

志乃が、半分、真面目な顔で言った。

三

夏木が初秋亭にもどって来ると、藤村も仁左衛門もすでに帰っていて、茶をすすっているところだった。

夏木も二人の前に座って、自分で茶を淹れ、

「なあ、藤村。八百屋お七というのは、実在したのかい？」

と、訊いた。

「ああ、ときどき訊くやつがいるんだが、奉行所の記録にはないみたいだぜ」

「そうなのか」

「ただ、おいらが同心になったばかりのころ、古手の同心は、似たようなことはあったと言ってたよ。駒込で、若い娘が火付けをして、処罰されたんだって」

「では、いたんだ」

「だが、名前はお七ではなかったはずだし、実家も八百屋だったかははっきりしないとは言ってたね。あとになって、だいぶ話はつくられたんだろうね」

「そうなのか」

「しかも、男に会いたくて、火をつけたって言われているんだろ？　でも、火をつけたわけもわからねえらしいよ」

「なんだな」

　夏木はがっかりした。

「だが、なんでまた、八百屋お七なんだい？」

　と、仁左衛門が訊いた。

「うむ。じつはな……」

　夏木が聞いた話を伝えると、

「ふうん、若い娘が火の見櫓にねえ」

と、藤村が言い、

「確かに、それは八百屋お七の幽霊だと思ってしまうだろうね」

と、仁左衛門は言った。

「想像すると、なかなかいい絵だよな。若い娘が、火の見櫓の梯子をよじのぼって、こうやって半鐘を鳴らすんだ。下では炎が上がり、娘の姿は紅く照らされている。なんか、こうグッとくるものがあって、一句詠みたくなってこないか」

じっさい、その光景は夏木の美感というものにしっくりきたのである。

「だが、夏木さん、実在したお七らしき娘は、火付けはしたけど、火の見櫓で半鐘を鳴らしたかどうかはわからねえぜ」

藤村は言った。

「そうなのか」

「ということは、だいぶ怪しい幽霊で、それはお七の幽霊というより、お七を演じた役者の幽霊なんじゃないの？」

「となると、だいぶ込み入った話になるな。仁左、お七を演じた役者が、この地震で死んだという話は聞いてないか？」

「さあ。役者も何人か死んでいるみたいだけど、お七役で知られる役者が死んだって話は聞いてないねえ」

「そうか」

「だいたい、芝居では、なんで半鐘を鳴らすんだ？　自分で火をつけて、自分で消してくれというわけか？」

と、夏木は仁左衛門に訊いた。

「そりゃあ、そうやると芝居が映えるからだよ」

仁左衛門はなかなかうがったことを言った。

「だからといって、なにか理由はあるのだろう？」

「それはね、いろいろなんだよ」

と、仁左は顔をしかめて言った。

「いろいろ？」

「八百屋お七の話というのは、芝居だの浄瑠璃だの、絵双紙だの落語だの、いっぱいあって、それぞれいろんな話になっているんだよ」

「そうなのか」

「有名なところでは、お七が鐘を鳴らすのは、愛しい吉三郎さまの危難を救うため

「話のなりゆきで、吉三郎は、追われているわけ。それで鐘を鳴らすと、閉まっていた町木戸が開いたりするわけだよ。そうすれば、吉三郎が動けるようになるだろ」

「危難を救う？」

「なんだかわからぬ話だのう」

芝居など観たことがない夏木には、ちんぷんかんぷんである。

「でも、あの晩は、木戸はどうしてたかな？」

藤村がふと気になったみたいに言った。

「いやあ、木戸どころの話じゃなかったよ」

と、仁左衛門は言った。

「そうだよな。地震があって、火事が出て、津波が来て、それでも火事は消えなかったり、あらたに出火したりして、余震もつづいていた。とても木戸どころじゃなかったし、夜になっても木戸は開いていたままだった」

藤村がそう言うと、

「では、木戸を開けさせるための半鐘ではなかったわけだ」

夏木はうなずいた。

「半鐘はどんなふうに叩いたんだい？　摺るようにしてたのかい？」

仁左衛門が訊いた。

江戸の半鐘の鳴らし方には、決まりがある。その火の見櫓から見て、火元が遠い場合は、ゆっくり鳴らす。わりと近い場合は、もう少し速く、規則正しく鳴らす。さらにすぐ近くの場合は、凹凸にこすりつけるようにして、音を出すのだ。

「力いっぱい、カーン、カーン、カーンと、つづけて鳴らしていたらしいから、まあ近所ってことではないかな」

「黒江町ですぐ近くに火事が出ていたら、その叩き方はおかしいわな」

と、藤村は言った。

「だが、若い娘がそんなに冷静に火事を判断できたかどうかはわからぬぞ」

「なるほど」

二人のやりとりに、

「あるいは、火事を報せるというより、音を立てることが目的だったのかも？」

と、仁左衛門が言った。

「音を立てること？」

「どういう意味だ、仁左？」

「だって、あれを頭上で思い切り叩かれてみなよ。相当やかましいよ」

そういえば、仁左衛門の家のすぐわきにも、火の見櫓があるのだった。

四

夏木と仁左衛門は、お七の幽霊が出たあたりを見てから帰るというので、一足先に初秋亭を出て行った。

戸締りをしてから帰ると言った藤村だが、二階に上がると、ごろりと横になった。疲れているわけではない。一昨日（おとい）、藤村は富沢虎山の診察を受けた。

藤村は横になったり、うつ伏せになったり、さらに横向きに、そして起き上がるなどして、身体のあちこちを、押されたり、軽く叩かれたりした。

「ここは痛いか？」

「いや」

「ここは？」

「別に」

「ここはどうだ？」

「そんなに強く押されたら痛いよ」

「では、こうするとどうだ？」

「さほどでもないな」

四つん這いになり、腹の力を抜かせて、横から触れたりした。

「これは肝の臓だ。痛むか？」

「いや」

「近ごろ、酒が弱くなったとかは？」

「若いときに比べたらね」

「この一年では？」

「たいして変わらねえなあ」

「ここは痛むか？」

押すのは、内臓だけではない。背中、腰、さらには手のひらや足の裏にまで及んだ。申し訳なく思ってしまうくらい、丁寧な診察だった。

「もう一度、仰向けになってくれ」

今度は、胃のあたりをゆっくり押しつづける。まるで指先でかすかなでっぱりでも探ろうとしているみたいだった。

「血を吐いたときは、空腹のときか？」

「そういえば、そうだな」

「痛みがあるのも空腹のときか？」

「ああ」

「どろりとした血か？　さらさらしていたか？」

「どろっとしていたかな」

「なるほど」

虎山は診察を終え、起き上がった藤村と向き合った。

「血を吐いたとき、怖いのは隔という病だ。これは薬ではまず直せぬ。ただ、進行を遅らせることはできる」

「なるほど」

「ただ、いま、触った限りでは、しこりは感じなかった。だからといって、隔でないとは言い切れない」

「だよな」

素人（しろうと）でもそういうものだろうと思う。なにせ、身体のなかで起きていることなのだ。

「しばらく薬でようすを見たいが、その薬がない」

「替わりの薬草を探し、いくつか組み合わせて代用する。二、三日、待ってみてくれ」

「ははあ」

「すまんな」

「一年や二年で、急に容体が替わることはないと思う」

「そうか」

緊張が解けていくのがわかった。一年や二年持つなら充分ではないか。誰もそんな先の命などわからないのだ。

「だが、身体は大事にすることだ」

「大事にな」

「どうやって大事にするかというのが、また難しい。身体というのは人それぞれ違うからな」

「そりゃそうだ」

「休養も大事だが、ぐうたらすればいいというものではない。むしろ、忙しく働いたほうがいいときもある。まずは寝る前と、朝起きたとき、自分の身体に伺いを立ててみるのだ。心を無心にすると、自分の身体がどうして欲しがっているか、それを教えてくれる。わしはそう思う。医者が教えられることには限界がある。患者が見つけるのだ。患者が自分で直すのだ」

虎山はいくぶん辛そうにそう言った。

藤村はいま、その言葉を思い出し、

――いい医者に巡り合ったらしい。

と、思っていた。

五

夏木と仁左衛門は、お七の幽霊が出たという黒江町に向かっている。

夕陽は、瓦礫（がれき）の向こうの西の空に沈みかけている。いつも見る夕陽より、ずいぶん大きく見えるうえに、きれいな気がして、夏木はそれが切なかった。

「夏木さまは、なんで、そんなにお七の幽霊が気になったんだい？　若い娘の幽霊だからじゃないのかい？」

と、仁左衛門がからかうように訊（き）いた。

「まったく、仁左まで志乃みたいなことを言う」

「まあ、あっしもお七の幽霊というのは、なにか心惹かれる感じはあるけどね」

「それはそうと、仁左。今度の地震や津波、火事などで、いったいどれくらいの人間が死んだと思う？」

「いやあ、どれくらいなんだろうね。あっしの感じだと、五、六人に一人くらいは死んでいるような気がするけどね」

「町人地だとそうだろうな。深川に限ると、もっと多いかもな」

「町ごと、ごそっとやられたところもあるからね」

「ああ、下手したら、四、五人に一人くらいは亡くなったかもしれぬな」

「しかも、あのときの怪我が元で、これから亡くなる人もいるし、あれで病になった人もいるだろうしね」

「まったくだ。それを考えると、なんかいまもこの江戸のそこらじゅうに、幽霊なのか、魂なのかわからぬが、漂っている気がしてくるな」

「うーん、どうなのかねえ」

「町役人の清兵衛が、幽霊に親しみを感じるようになったと言っていたよ。知り合いの幽霊なら、いてくれたほうがいいとさ」

「なるほどね」

「たしかにわしもこの数日、闇のなかでじっとしていると、なんだか肌で感じ取れる気もするくらいだ」

「へえ、夏木さまがね」

仁左衛門は意外そうな顔をした。

「お前だって、地震を予言できたくらいだから、なにか感じるだろうが」

「ところが、そういう霊感みたいなものは、あの地震のせいで、ぜんぶ消えちまった気がしてるんだよ」

「なんだ、それは？」

「でも、ほんとなんだから、しょうがねえ。あっしは逆に、この、いま、生きているということがすべてで、幽霊だの、霊感だのは、皆、嘘っ八みたいに思えてるんだよ」

仁左衛門は両手を広げ、この現実を指し示すようにしながら言った。

「ふうむ。同じできごとでも、受け取り方は人それぞれなのだな」

「ほんとだね」

「お七の幽霊は本物なのかどうかはまだわからぬが、わしは本当だったら、なにをしたかったのか、聞いてみたい気分だよ」

「ふうん。わかるような、わからねえような」

そんな話をしているうちに、黒江町の番屋があったあたりにやって来た。ここは、かつて入江かな女の家があった近くでもある。

「ここらだったがね」

と、仁左衛門は周囲を見回した。

少し向こうに、たいして頑丈そうでもないのに、なぜか無事だったらしい家があり、その前に人がいたので、

「ここらに番屋があったはずだがね？」

と、仁左衛門が声をかけた。

「番屋はこれですよ」

と、男は言った。

「え、そこ？」

「周りが焼けたり、動いたりしてわからなくなったんですよ。ここも障子は駄目になったんで、適当な紙で間に合わせていたところなんで」

「火の見櫓（やぐら）は？」

ここの火の見櫓はちょっと変わっていて、ふつう火の見櫓は、単体で建つがっちりした造りのものか、番屋の屋根に取り付けられた枠火の見と呼ばれるもののどちらかだが、ここのは木戸に梯子をくりつけたような簡易なもので、それでもけっこうな高さがあったはずである。

「あれは、翌日の地震で崩れちまったんです。一回目の、あんな大きな地震では大丈夫だったんですがね。不思議なもんですよ」

「そうだったんだ」

と、番屋のほうに近づいて、

「町役人さんかい？」

「いや、あたしはいままでは、やってなかったんだけど、こうなっちまったら、やらざるを得ないかもね」

「足りなくなったのかい？」

「町役人は、一人は家がつぶれて亡くなり、番太郎もあのときの怪我が元で、昨日、亡くなっちまったよ。ほかの町役人も家が流されて、とても番屋の仕事どころじゃねえ。あたしは幸い、家が無事だったんでね」

「そりゃあ、よかったね」

「運だね。あたしの家の隣から向こうは、津波で持って行かれたんだ」

「そうなんだよ。ほんと、生き残ったり無事だった人は、紙一重だったりするんだ。ところで、地震があった晩、ここらに八百屋お七の幽霊が出たという話を聞いたんだけどね、お前さん、知ってるかい？」

「ああ、そっちの魚屋のおかみさんが、そんなことを言ってたね」

「魚屋のおかみさん？」

「ほら、あそこで干物を干してるよ」

夕陽に当たりながら、戸板に魚を並べている女がいた。

「ありがとうよ」

礼を言って、その魚屋のほうに行き、

「ちょっと訊きたいんだが、おかみさんは地震があった晩に、八百屋お七の幽霊を見たんだってな？」

仁左衛門が声をかけた。

「はい。見ましたよ」

おかみさんは、アジの開きを並べながらうなずいた。まだ、三十前だろう、いかにも働き者らしく、動きがきびきびしている。

「ほんとの人間とは思わなかったのかい？」

「若い娘が、あんな高いところにのぼりますか？　もうなくなっちまったけど、その火の見櫓はずいぶん高かったんですよ。しかも梯子みたいな、やわな造りだったんですから、幽霊じゃなきゃ上がれませんね」

「そうか」

「それに、ようすがね」

「ようすが？」

「なんて言うんですかね。必死な感じがしたんですよ」

「ふうん」

「なんだか、あたしらの危難を救うために、必死で半鐘を鳴らしているみたいな。あたしは、逃げるしたくをしながら、思わず手を合わしたほどでした。あれが幽霊じゃなかったら、神さまですよ」

「なんの神さまだい？」

「そんなことはわかりませんよ」

おかみさんは、戸板にアジの開きを干し終えると、上に網をかぶせるようにした。カラス除けらしい。まだまだ仕事がありそうなので、礼を言って、ほかを当たることにした。

「夏木さま。あっちにちゃんとした火の見櫓がありますよ」

「うむ。あれは無事だったらしいな」

そこは門前仲町の火の見櫓で、しっかりした造りだが、木枠や上り段は剝き出しのままだった。

「ここでも出たんですかね」

「まあ、訊いてみよう」

近くにいた者に声をかけるが、五人目で、

「ああ、見ましたよ」

という者が現われた。お店者らしく、いま、店から帰ってきたというふうである。

「八百屋お七の幽霊だったのかい？」

「風になぶられながら、娘があんなところに上がって、半鐘を鳴らしていたら、ふつうの娘には見えねえでしょう。芝居のお七みたいに、派手な振袖ではなかったですよ。絣の着物だったかな。でも、あたしは一目見て、あ、八百屋お七だと思ったんです。

「ほう」

「しかも、なんと言うのか、神々しい感じがしたんですよ。いま、思うと、あたしはあの未曾有（みぞう）の困難のさなかに、八百屋お七の姿を借りて現われた神さまだったんじゃないかって気がしているんです。人間を頑張れ、負けるなと励ますためにね」

「へえ」

「しかも、次にパッと見たときは、もういなくなってましたからね。あれは、とてもじゃねえが、人間技じゃありませんよ」

「なるほどね」

「そっちの加賀（かが）さまのわきにある火の見櫓の上にも出たらしいけど、同じようにいなくなったらしいよ。見たやつは、やっぱり神さまみたいだったって」

「そうだったのかい」

仁左衛門は、感心したようにうなずいた。

お店者らしき男がいなくなると、

「なんだか、お七を見た者は、胸が熱くなるようなことを言うものだのう」

と、夏木は感じ入ったように言った。

「ほんとだね。あっしは、どうせ人間に決まってると思ってきたんだけどね」

「ほかにもお七が出た火の見櫓はあるのかな」

周りを見回しながら通りに出ようとしたとき、

「ん？」

夏木が後ろを振り向いた。

「どうしたい、夏木さま？」

「誰かがわしらを見張っていたような気がしたのだ」

「見張ってた？」

「あ、あそこだ」

夏木はふいにいま来た道を引き返した。

「え？」

仁左衛門は呆気（あっけ）に取られている。なにも人影みたいなものは見えなかった。

夏木はしばらく行くと立ち止まり、なにかを拾い上げた。

「なんだい？」

仁左衛門が訊くと、夏木は手に持ったものをひらひらさせた。

どうやら紙切れのようだった。

六

翌日——。

初秋亭の一階で、夏木と藤村、そして仁左衛門は、一枚の紙切れを前に腕組みをしている。

「ふうん。これが落ちていたっていうのか」

と、藤村が言った。

「すでに暗くなっていてな。それを見つけたのもたまたまで、わざと落としたわけではないと思うのだ」

夏木が言った。

紙切れには、殴り書きのように、こんなことが書かれてあった。

大地震の晩に、半鐘を鳴らす女を目撃して、
　とどけよと女は祈る夜のなえ
炎に照らされる女の美しかったこと

　八百屋お七は美しき津波来て
余震は何度もつづいている
　地鳴りしてお七とねずみの出会う夜
お七はねずみのために半鐘を鳴らしたのだ

「これって似てるよな」

と、藤村が言った。

「字がか?」

夏木が訊いた。

「字だけじゃねえ。作風というか、目のつけどころもさ。お七の幽霊を句にしようなんて、ふつうは思わねえぜ。でも、あの人ならやりそうだ」

「うむ。たしかに」

夏木がうなずいて、

「では、あのとき逃げたのは、入江かな女だったのか」

「生きてたんだ」

仁左衛門がぽつりと言った。

「なんの音沙汰もなかったがな」

夏木が不思議そうに言った。

「そうよ。連絡くれえ、くれてもよさそうだよな」

藤村も不満げに言った。

「じつはさ……」

仁左衛門は口ごもった。

「なんだ、仁左？」

「あっしは、師匠とできてたんだよ」

「ええっ！」

夏木と藤村は、目を見開き、顔を見合わせた。

「いつから、できてたんだ？」

夏木が訊いた。

「始まったのは、ふた月ほど前かな」

「なんでまた？」

と、藤村が訊いた。

「ほら、あっしが大地震が来る夢を見ただろ。でも、誰も間に受けなかったよな。

でも、たまたま師匠と会ったときにその話をしたら、あたしもそういう予感がするって言うので、そこから妙に話があってさ」

「それでいい仲にか？」

「ああ」

「だったら、昨夜、なぜ逃げたのだ？　いい仲だったら、むしろ声をかけてくるだろうが」

　と、夏木が言った。

「それは夏木さんがいたからじゃねえの？」

「そうか」

　藤村の推測に夏木も納得しかけたが、

「違うんだ。あの地震があったとき、あっしと師匠は永代橋の上にいたんだよ。師匠はあそこであっしが来るのを待っていたみたいでさ。でも、そこへ耳次を連れたおさとがやって来たんだよ」

「それは間が悪かったな」

「そこへあの地震だろ。あっしはなにも考えず、師匠を押しのけて、おさとと耳次のところに駆け寄ったんだよ。やっぱり大事なのは女房と倅（せがれ）だったんだね」

「そらそうだろうよ」

藤村はうなずいた。

「そんとき、ちらっと師匠の顔を見たんだけど、なんて言うか……」

「怒っていたのか？」

「というより、落胆と、悲しいのと、それからあっしへの怒りも、もちろんあっただろうね、なんとも言えない顔をしてたよ」

「それで終わったわけだ」

夏木がうなずき、

「火遊びがな」

と、藤村は言った。

「でも、師匠は傷ついただろうね。だから、あそこであっしを見かけても、近寄って来るわけがねえ。しかも、夏木さまに見られたと思ったら、そりゃあ逃げるよ」

「そうか、そういうことか」

三人は、なんとなくぼんやりしてしまった。

しばらくして、

「ま、仁左と師匠のことはともかく、わしとしてはお七の幽霊のほうが、喫緊の問題だ。それを解くカギが、この師匠の書付に隠されている」

と、夏木が言った。

「夏木さま。解いてみてくださいよ。あっしはなんだか、衝撃のあまりしばらく頭が働かないと思うから」

「なんだな。しょうがないやつだな。じゃあ、やってみるか。藤村、助けてくれ」

「あいよ」

「だが、これは季語がないよな。なえは地震のことだが、夜のなえとしても季語にはならぬ。津波も地鳴りも季節とは関係ない」

「季語どころじゃなかったんだろう」

「そうかもしれぬ。あるいは、あの師匠はこれをきっかけに、季語なんか捨てちまうのかもしれぬぞ」

「すると、それはもう発句じゃないよね」

「まあな。だが、これを見る限り、師匠もあの八百屋お七を見たんだろうな」

「見てもおかしくないよな。住まいは近所だし」

「美しく見えたというのも、ほかに見た者といっしょだ」

「ああ。ただ、師匠は火の見櫓の上のお七だけを見たのじゃねえ。ねずみ小僧と抱き合ったかなにかしたことまで見たんだ」

「そうだな」

「てえことは、お七は幽霊じゃねえ」

「しかも、ねずみ小僧のために半鐘を鳴らしている。ねずみ小僧というのは泥棒かな？　まさか火事場泥棒？」

「いや、火事場泥棒の句は、いくら師匠が変わっていても詠まねえよ」

「そうだよな」

「ねずみ小僧の幽霊とはどういうんだい？」

「大名屋敷の塀の上を駆けて行ったからだ」

「あそこの大名屋敷というと？」

「あそこは加賀藩の抱え屋敷だろう。そういえば、お七が出たという火の見櫓は、どれも加賀藩邸のそばに建っていたものばかりだな」

「そりゃあ、ずいぶんと面倒なわけがあるんじゃねえのかい」

藤村が言うと、

「まったくだ」

夏木は難しそうな顔で、腕組みをした。

七

仁左衛門は、入江かな女の登場で腰が引けてしまったらしく、お七の探索は藤村が手伝うことになった。

「もう少し、このあたりで訊いて歩くか」

と、夏木と藤村は黒江町に向かった。

「しかし、驚いたな。仁左と師匠がな」

歩きながら夏木は言った。

「でも、なんかあの二人、怪しくないかとか言ってなかったっけ？」

「そう言えば、言ってたな」

「まさかなと、それ以上は疑わなかったんだよ」

「そうだった」

「でも、あの師匠は思い込みが強いから、仁左も持て余したんじゃないのかね」

藤村はにやにやして言った。

「思い込み、強いのか？」

「そうだな」

「いたのかはないでしょう。おいらたちは仕事の巡回ですよ」

と、藤村は言った。

「なんだ、いたのか」

に、藤村康四郎と長助がいた。

そんな話をしながら黒江町にやって来ると、昨日も夏木たちが来た番屋のところ
「才能があるというのは、たぶん自分でも面倒臭いことなのかもしれんな」

「師匠の才能と裏腹なところもあるんだろうな」

「ああ、いるかもしれんな」

悪意があるってわけじゃないんだが、仲間うちになにか揉めごとを引き起こすんだ」

「あの師匠はね、人騒がせなところがあるんだよ。そういう女っているんだよねえ、

「なんだよ。ちょっとだけでも、なにかあったのか」

藤村は顔をしかめながら言った。

「おいらはちょっとだけだよ」

「そういえば、藤村も怪しかったよな」

「いや、まあ、たぶんね」

藤村は肩をすくめた。

「夏木さまは、もしかして、あの件で？」

「そうなのさ。あのあと、早春工房に来ている若い娘さんからも、お七の幽霊を見たという話を聞いてな。なんだか気になり出したのさ」

「確かに、おいらも気になってましてね。そしたら、さっき面白い話を聞き込みましたよ」

「なんだい、面白い話とは？」

「そっちの加賀藩邸に出入りしている炭屋の話なんですが、あのとき火の見櫓の上にいたのは、お七の幽霊なんかじゃなくて、藩邸に勤めているおみつという若い女中だったというんですよ」

「加賀藩邸の女中？」

「ええ。これで幽霊じゃなかったことははっきりしたでしょう」

「だが、加賀藩の女中がなぜ、藩邸の外で半鐘を鳴らさなきゃならなかったんだ？」

夏木は藩邸のほうを見ながら言った。

「ですよね」

「だいたいが加賀藩は、加賀鳶（とび）と言われる火消し衆をそろえていて有名なくらいだ。

災害には強いはずだろう」

「なるほど」

「その炭屋の話は訊けぬものかな？」

「大丈夫でしょう。この道を半町ほど行ったところの炭屋です」

康四郎に教えられて、夏木と藤村は炭屋にやって来た。炭屋のあるじは、首をかしげながら炭を叩いて、どうも炭の質でも確かめているところのようだった。

「いま、町回りの藤村康四郎から聞いたのだが、あんたは火の見櫓に登っていた女を知っていたそうだな？」

と、夏木が訊いた。

「ええ。ここらの者が八百屋お七の幽霊だったとか、マヌケなことを言ってるみたいですがね、あれは間違いなく、向こうの菓子屋から加賀さまに女中奉公に上がったおみつって娘ですよ」

「歳は？」

「十八でしたか」

「知っていたなら、声をかけたのか？」

「いや、なんか、それはしにくい雰囲気だったんですよ。必死で半鐘を鳴らしてましたんでね」

「なるほど。菓子屋の娘か。その菓子屋は無事なのか？」

「ええ。材料が手に入らなくなったとは言ってましたが、煎餅(せんべい)は焼いてましたよ」

今度はその菓子屋に向かった。〈柴又屋(しばまたや)〉とのれんがかかり、なるほど、おやじが煎餅を焼いている。

「ちと、訊きてえが、あんたんとこはおみつって娘を加賀さまに女中奉公させているんだって？」

と、藤村が訊いた。

「はあ、させてますが？」

「地震のあと、もどったかい？」

「それがもどってないんですよ。どうしたのか、心配してるんですがね。昨日は心配だったんで、門のところまで行って門番に訊いてみたんですが、わからないと言われまして。ただ、亡くなった者はいないと言われて、とりあえずは安心したんですが」

「加賀さまじゃ被害が出たのかね？」

「いいえ。ほとんど被害はなかったと、出入りの炭屋は言ってましたよ」

さっきの男のことだろう。

「地震のあった晩に、おみつが火の見櫓に登って半鐘を鳴らしていたと聞いたんだがな」

「まずかったでしょうか？」

おやじは不安げに訊いた。

「いや、あんなときだもの。よくやったと言いてえくれえだよ」

おやじはホッとして、

「そうですか。いやあ、あれは子どものころからお転婆で、高いところなんぞも平気で登っていたんですが、なんだってあんなときに外の火の見櫓を叩いていたんですかね」

「おやじさんにも見当がつかねえんだ？」

「ええ」

「いちばん最近、おみつに会ったのはいつだい？」

「藪入りのときですかね。なんせすぐ近くだから、ちょっとした用事で外に出たときは、うちに立ち寄ったりしていたんですが、ここんとこ忙しいのか」

と、おやじは首をひねった。

「おみつは加賀藩邸のことで、なにか面倒なことがあるとは話していなかったか？」

夏木が訊いた。

「そういえば……」

「なにかあったのか？」

「いやあ、藩邸のなかのことは言わねえほうが」

「町人同士ならまずくとも、わしは武士だぞ」

夏木は胸を張った。武士になら藩邸内の秘密を明かしてもいいなどということはないが、ここは夏木の堂々たる押し出しがものを言う。

「どうもここのお屋敷を預かっている用人さまが、困ったお人らしくて」

「困ったお人？」

「藩の物資を横流ししているみたいで」

「なるほど」

「それを咎めた若い藩士が牢に入れられたんだとか」

「ははあ」

夏木は藤村の顔を見た。

八

と、黒江町の番屋の前までもどった夏木が言った。

「うん。その妄想を伺いましょう」

藤村はニヤリと笑って言った。

「この加賀藩の抱え屋敷を預かる用人の横流しを咎めた若い藩士は、離れにある牢に閉じ込められてしまった。女中のおみつは、この藩士に同情して、なんとか助けてあげたいと思っていた。そこへあの地震だ」

「うんうん」

「いくら大きな被害はなくとも、相当ばたばたしたはずだ。この隙に、おみつと、ほかにも仲間はいただろうが、藩士を逃がしてやろうと考えた」

「まるで芝居のお七といっしょだ」

「ああ。だが、それがなぜ、半鐘を叩くことになったかだが、おそらく牢に鍵がかけてあった。この鍵を壊さないと、牢の扉を開けることはできない。鍵を鏨かなにかで叩いて、つぶしてしまおうと、おみつと仲間がそれをやろうとしたが、なにせ大きな音がする。用人に聞き咎められるかもしれない」

「ふむふむ」

「だったら、あたしが外の半鐘を叩いてきます。それに合わせて、鏨で叩いてもらえませんか？　そりゃあ、いい。だが、おみつはそんなことをできるのか？　まかせてください。あたしはそういうことは得意なんですと、外に出て行った」

「面白いね」

「おみつは外へ行き、津波や火事で、そして余震に、町人たちが逃げ回っているさなかに、藩邸に近い火の見櫓に駆け上がり、思い切り半鐘を叩き始めた」

「まさに、あの場面だね」

「牢の前では、この半鐘の音に合わせて、仲間が鏨を鍵に打ちつけた。かーん、かっつ。かーん、かっつ。半鐘の音は、うまく鏨の音をかき消してくれた。ところが、一度ではなかなか頑丈な鍵を壊すことはできなかった」

「なるほど」

「おみつはいったん、もどった。どうでした？　もう少しだ。わかりましたと、ふたたび外に出て、怪しまれないよう別の火の見櫓に登り、またも半鐘を打ち鳴らした。必死だった。どうか、鍵が壊れてくれと、まるで自分が鍵を壊すように、半鐘を叩いた」

「いいねえ」

「二度目でも駄目だった。そしてまた場所を変えて、三度目。鍵はついに壊れ、若い藩士は外に出た。久しぶりの外だったが、若い藩士は牢にいても、足腰の鍛錬は怠っていなかったので、塀によじのぼると、向こうの道まで塀の上を走った」

「ねずみ小僧の幽霊だな」

「ああ。塀から降りた若い藩士は、助けてくれたおみつと、ひしと抱き合った」

「抱き合ったのかい？」

「そこまではわからぬ。だが、そう思いたいわな。かくして、若い藩士は、用人の悪行を報せるため、本郷の加賀藩邸へと走ったというわけだ」

語り終えた夏木は、満足げである。

「いい調子だったね。まるで芝居を観ているようだったよ」

「そうか」

「だが、問題があるぜ」

と、藤村は言った。

「なんだ？」

「おみつは藩邸から出て来てはいねえんだぜ。まだ実家にも顔を出していねんだ」

「うむ」

「若い藩士が本郷にたどり着き、悪行を報せていたなら、本郷から大勢の藩士がやって来て、用人を問い詰めるなり、捕縛するなりするよね？」

「するな」

「それがやれていないということは？」

「若い藩士は追っ手に捕まり、逃亡を助けたおみつも、けしからぬと……まずいな」

夏木は腕組みした。

「まずいよ」

しばらく考えた夏木は、

「おみつを助けねばならぬ」

と、憤然として言った。

「おいらたちがかい？」

「ほかに誰がやる？」

「助けるったって、これは隠居したおいらたちがやれることじゃねえだろう。猫捜しとはわけが違うぜ」

「それはそうだが、助けぬわけにはいくまい」

「二人でこの藩邸に斬り込むのかい？　だいたいが、いままでの話は夏木さんの妄想だろう？　当たってるかどうかさえ、わかっていねえんだぜ」

「それはまあ、そうだが、外れていると思うか？」

と、夏木は訊いた。

「いや、おいらも似たようなことを考えているよ」

「だったら、おみつはまずいだろうが」

「そうは言ってもねえ」

「とりあえず、半鐘を鳴らすか？」

夏木は手を叩いて言った。

「半鐘を？　火事でもねえのに？」

「藩邸のなかの者は、おみつや若い藩士の仲間がいると思うかもしれぬ。そうしたら、おみつに対しても、迂闊なことはできぬと思うかもしれぬ」

「なるほどねえ」

「ひとまず、おみつの無事を保持しておいて、やれることをしようではないか」

「そうしよう。しかし、火の見櫓のてっぺんまで、夏木さん、登れるのかい？　おいらもいささか自信がないぜ」

「やってみなけりゃわからん」

夏木はやってみる気になっている。若い娘の必死な姿が絵になるなら、初老の男のけなげさだって自分をうっとりさせるくらいはできるはずではないか。

二人が藩邸に近い火の見櫓まで来たときだった。

ぎぎっ。

と、音がして、藩邸の大きな扉が開いた。

「え？」

なかから、駕籠が出て来た。お大名が使うような豪華な駕籠ではない。むしろ、粗末に見えるくらいの、薄汚れた駕籠である。

駕籠を担いでいるのは、中間四人だが、その周囲を五人の藩士が付き添っている。

「夏木さん」

藤村がなにか訊きたそうにした。

「ああ、町奉行所なら、唐丸駕籠を使うところだろうな」

唐丸駕籠とは、鳥かごみたいなかたちをした、罪人を運ぶための駕籠である。

「ということは？」

「おみつが逃がした若い藩士は、無事に本郷の上屋敷に駆け込み、すぐに取り調べのための目付あたりが駆けつけていたのではないかな」

「だよね」

駕籠の後ろから、若い藩士が二人と、寄り添うように絣(かすり)の着物を着た若い女中が姿を見せた。

「ねえ、あれはおみつだよね、夏木さん」

「それは訊いてみないとわからんな」

「いやあ、間違いないだろう。だって、いかにも機敏そうな身体つきだぜ」

「まあ、そう思いたいわな。あの娘が、若い藩士の危機を救おうと、必死で火の見櫓に登って半鐘を叩いた。その姿を見た者は、あの未曾有(みぞう)の危機のときに現われて、人間を励ましてくれる女神と重ね合わせたんだろうな。あのときは、皆、女神が見たかったんだよ」

夏木は感慨深げに言った。

「よっ、八百屋お七！」

藤村が、おみつらしき女中に声をかけた。

「え？」

という表情で、女中はこっちを見た。あの人、なにを言っているのかしらと、不快そうではないが、いかにも怪訝そうである。

「半鐘を叩く姿は美しかったぞ！」

夏木が言った。

今度は、女中は肩をすくめ、隣の若い藩士を見て、恥ずかしそうに笑ったのだった。

九

夜になって急に雲行きが怪しくなり、雨も降ってきた。

仁左衛門は先に帰ってしまい、初秋亭に傘が一本しかなかったので、夏木がそれを持って外に出た。藤村は、菅笠を探すので、先に行ってくれとのことだった。

永代橋のところまで来ると、風が強くなっていた。雨も横殴りに叩きつけてくる。傘を横にして、身を縮めるようにしながら橋を渡り始めた。

久しぶりの雨である。嵐になるのかもしれない。地震、津波、火事のあと、しばらく天災は勘弁してもらいたいが、大自然は人の希望など聞いてくれはしない。三男の洋蔵は、富士山が爆発するかもしれないと心配していた。

夏木は永代橋の上で立ち止まった。

すでに陽は落ちているし、この雨だから、橋の上の人もずいぶん少ない。提灯を使う者もいないので、橋の上は真っ暗だった。

深川のほうを振り返って、町並みを眺めた。明かりがあるところと、真っ暗なところと、まだらになっている。

以前はこんなことはなかった。深川の地は、いずこもろうそくや油の明かりで溢(あふ)れ、橙色(だいだいいろ)に染まっていた。

ふたたび歩き出した。今日は、橋の周辺に漂う霊気のようなものを、あまり感じない。霊も、雨風が激しいときは、あまりうろうろしないのかもしれない。

――ん？

霊岸島のほうから、男が二人、足早にこちらに歩いて来た。傘は差していない。一人は提灯を持ち、こっちに差し出すようにしている。この雨風でも消えないのだから、よほど太いろうそくでも使っているのだろう。一人は、刀に手をかけていた。夏木は緊張した。ただならぬ気配である。

夏木は、弓矢はともかく剣術はあまり得手ではない。が、目はいいつもりである。つまり、相手の剣を見極める自信はある。

夏木は二刀を差しておらず、長刀の短めのものを落とし差しにしていた。その刀を鞘ごと抜いて、左手に持ち、笠は持ったままにした。

傘は接近してきた相手に、視界を防ぐように投げつけるつもりである。機先を制し、転がり込むようにして、どっちかの、できれば二人の足を払う。

そんなふうに思い描いた。

だが、二人は途中で足をゆるめ、提灯を持った片方が横に回るようにした。

以前だったら、刀を抜いたまま走ったかもしれない。いったん引き離して、追いついた一人と対峙する。その作戦がいまはできない。夏木は足を引きずるのだ。

「夏木権之助だな？」

前の武士が訊いた。

「それがどうした？」

「お命、頂戴」

言うと同時に、前の武士が斬りかかってきた。

「うおっお」

思わず声が出た。

同時に傘を前に突き出した。その傘が斜めに裂け、切っ先が夏木の顔をかすめた。

横の武士は提灯を左手に持ったまま、刀を抜いて、夏木の動きを牽制している。

斬り役は、前の武士と決めたのだろう。

「やあっ」

叫びながら、傘を相手に叩きつけ、そのまま橋の上を転がった。足を払うどころではない。斬りかかってくるのをよけるつもりでそうした。

「こやつ！」

前の武士は、上から斬りつけてくる。夏木は転がる。橋板は平らではない、ぼこぼこしている。背中が痛いがそれどころではない。

「ちゃあ」

夏木は妙な声を出している。それがよかった。

「夏木さんか！」

声がして、駆けつけてきたのは藤村慎三郎だった。

藤村はさすがにこういうことに慣れている。すばやく刀を抜き放ち、夏木に斬りかかっていた男に逆に斬ってかかった。

「えいっ、とあっ」

掛け声もいい。軽快である。

相手が押されるのがわかった。

夏木は立ち上がり、提灯を持った男に迫った。

「逃げるぞ！」

二人は形勢が変わったとみるや、たちまち逃走に転じた。

「待ちやがれ」

藤村が途中まで追ったが、逃げ足が速い。しかも暗いし、足元も悪い。

藤村は諦めて引き返した。

「夏木さん、怪我は？」

「大丈夫だ」

洒落者らしく、着物の汚れを気にしながら答えた。

「なんか狙われるようなこと、したのかい？」

「少なくとも、女がらみではいっさいないな」

夏木は、こんなときなのに、冗談めかして言った。

本書は書き下ろしです。

幽女(ゆうじょ)の鐘(かね)

新(しん)・大江戸定年組(おおえどていねんぐみ)

風野真知雄(かぜのまちお)

令和5年 11月25日　初版発行

発行者●山下直久

発行●株式会社KADOKAWA
〒102-8177　東京都千代田区富士見2-13-3
電話　0570-002-301(ナビダイヤル)

角川文庫 23907

印刷所●株式会社暁印刷
製本所●本間製本株式会社

表紙画●和田三造

●お問い合わせ
https://www.kadokawa.co.jp/（「お問い合わせ」へお進みください）
※内容によっては、お答えできない場合があります。
※サポートは日本国内のみとさせていただきます。
※Japanese text only

ISBN 978-4-04-113761-1　C0193

◇◇◇

角川文庫発刊に際して

角川源義

第二次世界大戦の敗北は、軍事力の敗北であった以上に、私たちの若い文化力の敗退であった。私たちの文化が戦争に対して如何に無力であり、単なるあだ花に過ぎなかったかを、私たちは身を以て体験し痛感した。西洋近代文化の摂取にとって、明治以後八十年の歳月は決して短かすぎたとは言えない。にもかかわらず、近代文化の伝統を確立し、自由な批判と柔軟な良識に富む文化層として自らを形成することに私たちは失敗して来た。そしてこれは、各層への文化の普及滲透を任務とする出版人の責任でもあった。

一九四五年以来、私たちは再び振出しに戻り、第一歩から踏み出すことを余儀なくされた。これは大きな不幸ではあるが、反面、これまでの混沌・未熟・歪曲の中にあった我が国の文化に秩序と確たる基礎を齎らすためには絶好の機会でもある。角川書店は、このような祖国の文化的危機にあたり、微力をも顧みず再建の礎石たるべき抱負と決意とをもって出発したが、ここに創立以来の念願を果すべく角川文庫を発刊する。これまで刊行されたあらゆる全集叢書文庫類の長所と短所とを検討し、古今東西の不朽の典籍を、良心的編集のもとに、廉価に、そして書架にふさわしい美本として、多くのひとびとに提供しようとする。しかし私たちは徒らに百科全書的な知識のジレッタントを作ることを目的とせず、あくまで祖国の文化に秩序と再建への道を示し、この文庫を角川書店の栄ある事業として、今後永久に継続発展せしめ、学芸と教養との殿堂として大成せんことを期したい。多くの読書子の愛情ある忠言と支持とによって、この希望と抱負とを完遂せしめられんことを願う。

一九四九年五月三日